在心灵牧场上放逐

Soul Spa in Springfield

柳迦柔 —— 著

辽宁人民出版社

© 柳迦柔　2023

图书在版编目（CIP）数据

在心灵牧场上放逐 / 柳迦柔著 .—沈阳：辽宁人民出版社，2023.1
ISBN 978-7-205-10356-9

Ⅰ. ①在… Ⅱ. ①柳… Ⅲ. ①随笔—作品集—中国—当代 Ⅳ. ①I267.1

中国版本图书馆 CIP 数据核字（2021）第 247851 号

出版发行：辽宁人民出版社
　　地址：沈阳市和平区十一纬路 25 号　邮编：110003
　　电话：024-23284321（邮　购）　024-23284324（发行部）
　　传真：024-23284191（发行部）　024-23284304（办公室）
　　http://www.lnpph.com.cn

印　　刷：辽宁新华印务有限公司
幅面尺寸：145mm×210mm
印　　张：5.5
插　　页：10
字　　数：135千字
出版时间：2023 年 1 月第 1 版
印刷时间：2023 年 1 月第 1 次印刷
责任编辑：阎伟萍　孙　雯
装帧设计：留白文化
责任校对：冯　莹
书　　号：ISBN 978-7-205-10356-9
定　　价：48.00元

序 | PREFACE

　　每个人都会遇到困惑，最佳解决办法，是让心灵舒展，因为心灵就是一片牧场，广袤而深远。

　　当我们有幸在草原上驰骋，就会发现，拿着牧鞭放牧的人，不是驱赶着那些游动着的生灵，而是让自己的心灵与蓝天白云相融，在蒙古长调与马头琴的旋律里陶醉。这样的意境曾经让无数人幻想过，可真正能够实现的又有几人？

　　生活在城市的森林中，是否有这种体验：随着空间的缩小，心胸不知不觉间也变得狭小而没有缝隙？清晨，看着路上工作的清洁工，不禁联想：心里的垃圾是否越积越多？查询着大量的网络信息，是否会发出一声叹息：我的生活为何变得越来越复杂？如何才能变得更加轻松？

　　越来越多的人已经意识到，生活的沉重，原本不是生活本身造成的，而是由于内心世界的繁杂。心若复杂，心灵就会疲惫；心灵若疲惫，身体的负累就会加重。如此，循环往复，心灵不堪重负。

　　如果，让生活的脚步慢一点，给自己一份从容，约三五好友品茶，在茶香余韵中畅叙友情；如果，在时光隧道穿越一次，给自己舒缓身心的机会，带上童年的伙伴，在剧场里享受一场音乐的盛宴；如果，给自己放一天假，邀几位知己来到家中，亲手做一餐饭、温一壶茶，再品一壶酒，在酒香汁浓里探讨人生；如果,在清风飞扬的早晨,给自己化个清爽的淡妆,然后,沿着当年初恋的小溪边走过,回味那一刻的幸福,即使时光流逝,物是人非,那份美好仍然存留于心间。

类似的心境,会带来无数的快乐。人生也常常因此而改变。

因为创作,而去感受心灵。因为文字,而让内心温润。面对纷繁复杂的世界,人生的境遇不尽相同。生活中的精彩,让人们的内心变得充盈;生活中的不幸,又让人们的内心变得凄凉。充盈了,如同牧场浸润了甘露,滋生茁壮;凄凉了,好似败絮又遇夜雨,千疮百孔。无论快乐和忧伤,都在心灵的世界里扎根、生长、开花、结果。由此可见,心灵,是需要清理的,断舍离的概念不仅指时空的清爽,更在于心灵的愉悦。

生活的快节奏,让更多人陷入沮丧和疑惑中,在心灵的沉重泥潭里挣扎而不能自拔。原本应是一只高飞的雄鹰,却在低空中盘旋;原本应是一只快乐的小鸟,却总在角落里忧伤。如此,别再犹豫,立即付诸行动吧!给自己一个策划,敞开心扉,放飞思绪,你只属于自己,属于快乐。而这个世界的所有悲伤将与你无缘。

带着一份真诚,怀着一份美好,含着一份希冀,写下书里的文字,请跟随《在心灵牧场上放逐》的脚步,舒展心灵,增加自信,学会生活,淡定度人生,屏息待幸福。

愿作者与读者对话的瞬间,产生心灵的共鸣。

感谢为力兄、罗雷兄将走遍万水千山拍摄的原创作品作为本书插图,不仅为本书增光添彩,也让读者领略美好的视觉盛宴。

感谢编辑慧眼识书,感谢所有与本书有缘的朋友。

柳迦柔

于2022年5月8日

目 录 | CONTENTS

序　　　　　　　　　　　　　　　　　　　001

第一章　让幸福像花儿一样绽放

淡定的人生幸福自然来　　　　　　　　　002
给心灵做一次瑜伽　　　　　　　　　　　005
学习是美丽的同桌　　　　　　　　　　　008
谈一场叫工作的热恋　　　　　　　　　　012
有一种幸福叫健康　　　　　　　　　　　018
无尽的快乐正等着你回家　　　　　　　　022

第二章　在生活中寻出趣味

生活中的幸与不幸　　　　　　　　　　　028
享受孤独是一种幸福　　　　　　　　　　032
幸福就在我们身边　　　　　　　　　　　036
最容易满足的快乐　　　　　　　　　　　039
人生就是一道不等式　　　　　　　　　　044

第三章　用色彩点亮人生

人生就是一场兔子舞　　　　　　　　　　050

品位高雅的女人爱色彩　　　　　　　　054

我的生活我做主　　　　　　　　　　　058

如果时光可以逆转　　　　　　　　　　062

走过人生最美妙的瞬间　　　　　　　　067

第四章　转角处　遇上幸福

停下来　给自己留个喘息的机会　　　　072

狼的激情与兔的安宁　　　　　　　　　076

从锁孔向外看风景　　　　　　　　　　079

喧嚣浮华中的真情　　　　　　　　　　083

生活　无处不在　　　　　　　　　　　087

掌上流云的意境　　　　　　　　　　　091

等待拐角处的幸福　　　　　　　　　　094

第五章　在心灵牧场上放逐

自恋的人心态更年轻　　　　　　　　　100

爱美之心　人皆有之　　　　　　　　　104

一半是天使　一半是恶魔　　　　　　　108

拷问生命　拯救灵魂　　　　　　　　　112

如何过好每一天　　　　　　　　　　　117

第六章 品味生活的那道菜

生活从不曾遗弃我们	122
激励给予我们的收获	125
人生不只美酒如诗	130
珍惜曾经拥有的一切	134
保持鲜活的生活状态	137
一天到晚游泳的鱼	142

第七章 快跑是一种状态 漫步更是一种从容

快乐就是那只高飞的鸟	148
春江花月夜·燕京八度	152
高山流水在厨房的意境	156
像品茶一样品味生活	160
人生 可以这样活	164

第一章

让幸福像花儿一样绽放

很久没见到这样的夜宴,在烟花爆竹声中狂欢。不远处是大海,周围都是狂欢的人们。待烟花散尽,回归生活的本真,谁会忆起那些寂寞绽放的烟花?听涛观潮看海,只是生活中的一瞬,留待追忆的永远是那些似水年华。

淡定的人生幸福自然来

曾经看过这样一幅画：天高云淡，树下的草地上，一对夫妇抱着孩子，看着孩子的小脸微笑着，男人淡定，女人恬静。幸福的生活也许不在语言的表达，只看一个人的神色就能发现其中的奥秘。也许，情感的淡定、婚姻的淡定、子女的淡定、生活的淡定、事业的淡定，才成就了淡定的人生，而淡定的人生才能体验幸福。

一位朋友问：怎样才能衡量一个人是否幸福？难道幸福有大小也有深浅？

读过《淡定的智慧：弘一法师的人生幸福课》这本书，终于领悟到：淡定即幸福。幸福的大小和深浅来自内心的体验。走在街上，你会看到各种表情，冷漠的、热情的、开朗的、忧郁的，在这些表情中，也许能读到种种表象，可是内心的情感变化谁又能说得清楚？

大抵能够包容别人的人，他的心境一定是从容的、淡定的，其中透着豁达，这样的人不仅代表着一种气质和风度，更在外在的情形里深藏着各种文化的底蕴，积淀下来就是一种超凡脱俗的智慧，这种智慧用于生活中，到处洋溢着的就是一种幸福。

生活中总是会发生一些意想不到的事情。一位老人摔倒在路边，好心的司机开车路过看到，立即停下车子，走上前去扶起老人，并将她送到了医院，可是当子女们赶到医院的时候，老人竟然指认这位好心的司机是肇事者。虽然遭遇了这样的不公平，但是司机并未为自己申辩，他从容地拿出钱来给老人交了治病的费用，然后镇静地离开。当交警找到当时这段录像的时候，才发现，原来这位司机并未撞倒老人。真相大白，老人万分羞愧，她主动给司机道歉，司机还是一脸从容。如果不是有着淡定的人生态度，他不会做到这样。

很多人怀疑现实生活中，真爱已不复存在，可是，当心灵的天使发出呼唤的时候，飞翔的何止是心灵的翅膀，还有幸福的态度。宽容就是人生的最高境界，诚如这位司机，他已经能够平静地对待老太对他的冤枉，他的淡定让他在面临意想不到的结局时能超然地对待。而这种淡定，并不是人人都能拥有的，这是一种思想境界，更是一种心态，这样的心态让他得以处变不惊，豁达开阔，容忍他人的过错。

读大学的时候，教授英美文学的老师曾经是很多女孩子心目中的偶像，他的英文发音抑扬顿挫，尤其在讲授英美诗歌的时候，那些语调、那些词句深深地吸引着在座的每一位学生。而当他正值壮年时，可怕的喉癌撞向了他强健的肌体，当医生跟他说第二天要做手术，而且手术后他可能不会再重返课堂的时候，他怀着对教师这个职业的一份责任，淡定地给学生们上完了最后一堂课。

生命不可预知，当那个强健的身体被癌症摧残得只剩下一口气的时候，他拿着那本自己撰写的英美文学讲义交到了学生的手里，虽然他不能说话，但是他坚定的眼神让人们相信，虽然即将步入天堂，可在最后一刻，他仍然淡定自若，完成了他要做的一切。最后，微笑着和这个世界告别。

记得读过这样的句子："淡定，是内在心态修炼到一定程度所呈现出来的那种从容、优雅。淡定，是一种思想境界，是一种心态，是生活的一种状态。我们每个人都需要这种心态，在生活中才会处之泰然，宠辱不惊，不会太过兴奋而忘乎所以，也不会太过悲伤而痛不欲生。淡定自若，是说一个人遇事不慌忙，心境很开豁，举止优游自若。淡然若定，对什么事情很淡然很沉稳的样子。淡定弥坚，希望越渺茫，追求的信念越坚定。"这段话，道出了关于淡定的感觉、淡定的心态、淡定的快乐内涵。

一位女友，当丈夫三年前突然离开她的时候，她感到整个世界在她的面前即将坍塌，生活状态越发颓废。而半年后的一次不期而遇，一位男士走进了她的生活。他从来不对她提出特别的要求，只是在她悲伤的时候陪在她的身边，在她生病的时候为她求医问药，在她身体羸弱的时候陪着她锻炼身体。他说："我知道你的心里很难过，你也忘不了他，可我还是会等着你，希望你老了的那一天，我会尽力地照顾好你。"虽然很平淡，但也让人感动。他的淡然，有时让冷漠的她心中不时也会生出一丝涟漪，虽然她还没有下最后的决心，但是，他的淡定至少会让她的所有追求者退却，因为他相信：淡定的人生幸福自然来。

给心灵做一次瑜伽

乔布斯活着的时候,有这样一张照片:他形容枯槁,在身边一位男子的支撑下站立着。不禁唏嘘:那么强大的乔布斯,他的演讲曾经打动了无数人,在他演讲的过程中全场响起了阵阵掌声。那段视频里的掌声还在我的耳边回响的时刻,乔布斯却病了,而当脑海中不时出现他的枯槁容颜时,又传来他病逝的消息,于是,有人说 iPad 5 将就此终结。

我们可能不会去管乔布斯的离世会带来什么样的影响,也不想知道苹果的未来之路会怎么样,我们只是担心乔布斯这样一个充满智慧与灵性的人,遭遇着人生的不幸。他的精神曾经感动了无数的"果粉",因为身体的原因,他过早地退出了自己的帝国,这一点不能不令人遗憾。

古希腊伟大的唯物主义哲学家、原子唯物论学说的创始人之一德谟克利特认为,人的幸福与不幸居于灵魂之中,善与恶都来自灵魂,每个人都有独立的意志和人格。人的自然本性就是求乐避苦,而道德的标准也就是快乐和幸福。能求得快乐就是善,反之即是恶。按照德谟克利特的幸福论原则,人们不仅要具有智慧、勇敢、节制、正义等方面的品质，在其他很多方面也应该是完美的，这样的灵魂才不会丑恶。

无疑，从这样的理论出发来谈论乔布斯，他的灵魂应该是完美的，然而，他的体魄却不那么完美，他的健康遭受了摧残，他身体的疾病和他完美的灵魂终将不会结合成一体。当然，并不是说，乔布斯因为得了病，他的灵魂就不完美。

曾经目睹了一位年仅50岁的亲人过世，因为癌症，他曾经健壮的体魄变得瘦弱不堪，躺在床上，已经和那位穿着军装、英姿飒爽的军人判若两人。天气很热，我试图帮他拉下被子让他变得凉爽，可是他清醒的大脑意识尚存，当他睁开眼睛用眼神阻止我的时候，那一刻，我始终不会忘记。那眼神是很复杂的，此刻，即使写着这篇文章，我的脑海中仍然会浮现出当时的情景。就要逝去了，可他的灵魂依然在这个病房里盘桓，久久不愿离去。

有人说：运动强健体魄，知识铸就灵魂。没有健康，就没有掌握知识的前提，更谈不上完美的灵魂。

所以我说：强壮的身体才能支撑强大的灵魂。

有人给我们留下这样一组数字：健康是1，财富是1后边的0，一个人无论拥有多少财富，只要前边的那个1没有了，所有的财富都是浮云。试想，一个人即使拥有再多的财富，如果没有了健康，那些财富就是身外之物，永远也不再属于曾经为了财富而奋斗过的那个人。所以，没有健康，一切皆为空。

情感，能够拥有，也能够失去，留下的只是满心的悲伤；钱财，此生可以拥有，但却是生不带来、死不带去的身外之物。这个世界上，所有的财富和情感不能只属于你一个人，只有身体是自己的。

拥有财富的人如果生了重病，财富只是可以作为寻医问药的一个媒介，并不能彻底治愈。如果是不治之症，即使拥有金山银山也无法挽救性命；即使是这个世界上最爱你的那个人，也只是因为爱恋而心生爱怜，他不会替你去疼痛，替你去承受，即使他曾经很爱你。

我的一位朋友，每天吃饭的时候都会感到痛苦，原因是胃肠不好，只要吃了不利胃肠的食物就会痛苦难忍。看着她每天只吃一点饭食，坐在桌前挑东拣西的样子，不知道的人还以为她很挑剔，其实并非如此。看着周围的人们尽情地享受美食，她的痛苦只有藏在心里。

从她的遭遇中，我得出了这样的结论：一个人最重要的是拥有健康，没有健康的体魄，就不能饱览秀丽的山川美景；没有健康的体魄，更不能享尽天下的美食。最要紧的，没有了健康，如何让父母颐养天年，与子女共享天伦？

拥有健康，才不会当别人锻炼身体的时候，你却躺在病床上呻吟；拥有健康，才不会在别人游走乡野田川的时候，你却挂着点滴吃着大把的药物；拥有健康，你才有精力和能力让家人过上幸福的生活；拥有健康，你才能牵挂父母家人为他们增添一份快乐。健康的体魄，是一切快乐的源泉，是立足天地的资本。如果失去了健康，一切难过、悲愁、离绪将很快滋长。

所以，要健康地活着，珍惜自己，才能善待他人。拥有健康，才能拥有财富，拥有情感，拥有真爱。只有健康的灵魂才是完美的灵魂，这才是完美的人生写照。

学习是美丽的同桌

弗兰西斯·培根说:"美德好比宝石,它在朴素背景下反而更华丽。同样,一个打扮并不华贵却端庄严肃而有美德者是令人肃然起敬的。外表美丽的人,未必也具有内在的美。因为造物主似乎是吝啬的,他给了此就不再予彼。"所以,许多容颜俊美之人过于追求外形的美丽,而忽略了内心的美。虽然有很多人既有外形的美又有内在的才华,但是有很多美丽之人却忽略了通过后天的学习来提高自身的素质,巩固后天的修养,因而也成就了另一种空有美丽的悲哀。

一对双胞胎姐妹,曾经一起坐在教室里学习。那时的她们,犹如盛开在校园里的一对姐妹花,令周围的同学羡慕。终于毕业,姐姐早早嫁人,过上了家庭主妇的生活。而妹妹选择了继续深造,并在毕业后留在大学任教。这时,姐姐已是两个孩子的母亲。妹妹课余时间请姐姐进餐,姐姐心神不定,惦记着家中的孩子,一副心不在焉的样子,妹妹觉得姐姐变化很大,与以前那个美丽清爽的女子已经相差甚远。后来,当姐姐手里牵着两个孩子,满脸是伤地来到妹妹家里时,妹妹心

在画的意境里漫步，
观尽人间美与善，
在精神的长廊里盘桓，
无处不在的是超越山峰的大气与智慧。

于力/摄

珍爱你的理想，珍爱你的思想，珍爱一切打动你心灵的音乐，珍爱让你心灵美好的一切，珍爱你最纯洁质朴的想法，忠于这一切，你周围的一切将如天堂般美好，你将拥有属于自己的世界。

于力／摄

疼姐姐,要起诉姐夫。可是,姐姐却不让起诉,理由是,如果他进了监狱,两个孩子和她自己的生活费就没有着落了。妹妹为姐姐的懦弱感到难过,又很同情姐姐的遭遇。即使姐姐这样维护对她动用暴力的男人,最后还是没能逃脱离婚的命运。如果她能和妹妹一样,继续坐在教室里学习,相信她的未来不会比妹妹差。

一位朋友曾经送我一句俗语:"活到老,学到老。"唯有学习,不断用知识充实内心,才能永远年轻美丽。因为青春的面庞最终会被岁月的风霜所侵蚀,现出丝丝皱纹。就像一块铁,迟早要锈迹斑斑。而掌握并不断更新知识,将知识储存于大脑中又能灵活加以运用的人们,将永远年轻美丽。就像有些老人外表显得苍老,但由于他们收获了知识,又会因为他们优雅的举止而美丽。

在书上看到杜拉斯的照片时,感到很惊讶。她脸上的皱纹,一道比一道深,可是她外在的风采和内在的气质及才华,使人无论如何都不能把她与庸俗的大妈相联系,即使到了生命的最后一刻,杜拉斯仍然是让人心动的那个女人。

去北京登香山,最好的季节是秋天,满山的枫叶正红,登高望远,秀丽的景色映入眼帘,吸引着每一个游客。从杜拉斯到秋季的香山,不由想起一句拉丁谚语:"暮秋之色更美。"

外表普通而内心充实的人,外貌平常却善于用知识弥补缺欠的人,他的举止、他的言行,必定出类拔萃、与众不同。培根说得对:"美犹如盛夏的水果,是容易腐烂而难以维持的。世上有许多美人,她们有过放荡的青春,却迎受着愧悔的晚年。"培根所说的美人如果能用知识充实美丽外壳下的心灵，其人生结局岂不更加完满？

苏格拉底说："知识是最美的，无知才是最丑的。"如果一天不读书，对人生没有任何影响；如果一个星期不学习，就会发现脑子反应迟钝；如果一个月不学习，就会成为游手好闲的人；而如果一年不学习，很快就会落伍。唯有不断地学习，才能实现自己的目标。我们必须不断充电，不断接受新知识，才会免除下岗的忐忑，才能有资格参与各种竞争。

如果工人只满足于简单的手工操作，而不懂得现代化的机械操作，注定要走向下岗的结局；如果教师只满足于在黑板上手书，不会使用投影也不会做课件，就不会受到学生的欢迎，给教师打分的时候，分数也不会高；如果药剂师看不懂医生开的药方，就不能迅速地把药递到患者手里。

"学而优则存，学而优则进，学而优则胜"，在职场中，很多人工作会有压力，而学习既能减轻工作的压力，又能解除工作带来的烦恼，不断提升人生境界。生活质量的高低，不仅取决于拥有金钱的多少，很大一部分还取决于一个人内心的幸福感指数，用学习充实心灵，内心世界才更丰富，丰富的内心主导着人的一生。

所以培根先生说："读书使人完美，讨论使人机敏，写作则使人精确。读史使人明智，读诗使人聪慧，演算使人精密，哲理使人深刻，道德使人高尚，逻辑修辞使人善辩。知识能塑造人的性格。"

知识能够塑造人的性格，知识也能塑造人生。人生需要美丽，人生更需要知识。知识靠学习获得，学习知识的过程，也是创造快乐心情的过程；获取知识的方式，正是获得美丽的方法；容颜易老，知识常新，快乐永恒。

人生需要快乐，人生更需要学习。美丽是一种快乐的人生，而人生的快乐却不一定以美丽来获取。拥有知识，人生才是美丽的；拥有知识，才能拥有快乐的人生。

所以，学习着才是美丽的。

谈一场叫工作的热恋

有人将工作比喻成正在谈着的一场恋爱，不仅仅只拘泥于恋爱的形式，而且注重恋爱的内涵，并投入全部身心，浸润着灵魂，没有虚伪，只是一场真诚的热恋。无论是工作的主体还是工作的客体，都期待着最后收获饱满的爱情果实。

在收获了丰收的果实后，人们是兴奋的。然而，播种的过程同样是快乐的。这个过程就是工作的过程。在工作中能够产生快乐，为人们带来愉悦的心情。在工作中追求人生的完美，是一种享受；在工作中创造新的生活，是一种心灵的满足；在工作中寻找快乐，是人生快乐处方中的一剂良药。

有一部拍摄于1962年的黑白电影，片名叫《女理发师》。片中的女主人公因不甘心当家庭妇女依靠丈夫养活，自己要出去工作，当一名女理发师。可是，封建思想严重的丈夫认为，理发师工作是给别人服务的，千方百计阻拦妻子外出工作。妻子趁着丈夫上班的时候，才能悄悄地来到理发店工作，而且练习理发的时候非常刻苦。家里的鸡毛掸子成为她练习的工具，大公鸡的长毛变成了短毛，小兔子的毛也被剪短，甚至连扫地的笤帚也只剩下了一半。在勤学苦练中,她的理发技术有了很大的进步,因为理发技术好,服务态度又好,受到了很多客人的赞扬,"三号"理发师成为理发店的招牌。当丈夫听说了"三号"理发师的事迹后,也慕名前来,当他见识了妻子的手艺后,思想有了转变。由此可见,通过工作,让一个人转变了观念,虽然这个过程很艰难,但是工作的快乐却不言而喻。

为何说工作着就是快乐的?因为工作也是人生的一部分,工作与生活是不可分割的。工作就是生活,生活就是娱乐,如果诗意地生活,快乐地工作,并将两者进行最佳结合,就会给人生带来更多的快乐。

工作着就是一种追求。余秋雨在《艺术创造工程》中写道:"人生的追求,情感的冲撞,进取的热情,可以隐匿却不可以贫乏,可以恬然而不可以清淡。"这是一种人生的追求。对于工作,我们同样可以这样去追求。

也许,在一生的经历中,人们追求的很多。追求财富,追求权力,追求美貌,追求浪漫,追求幸福,追求快乐。追求财富会使人失望,追求权力会使人残忍,追求美貌会使人虚荣,追求浪漫会使人幻想,追求幸福会使人疲倦,追求快乐会使人兴奋。而这种快乐的追求则是对工作、对生活、对爱情的追求。没有工作,生活将会变得窘迫,更谈不上追求爱情。

列夫·托尔斯泰说:"凡是以追求自己的幸福为目标的人,是糊涂虫;凡是以博得别人的好评为目标的人,是脆弱的人;凡是以使他人幸福为目标的人,是有德行的。"在工作中追求,在追求中工作,快乐才会相随相伴。

工作着是一种自信。犹如恋爱中的人们，只有对自己充满了信心，才能一往无前地大胆追求。没有了自信，就会饱尝失败的苦果，难以自拔。工作也是如此。工作能够给人们带来自信，工作能够让人们在脆弱中恢复自信的勇气。高尔基说："只有满怀自信的人，才能在任何地方都怀有自信，沉浸在生活中，并实现自己的意志。"自信是成功的秘诀，也是事业能够获得成功所必备的素质。失去了自信，对于生活和工作，都会带来莫大的损失。所以，罗曼·罗兰说："一个人，缺少了自信，就容易对环境产生怀疑与戒备。"即所谓"天下本无事，庸人自扰之"。

工作的过程就是增加自信的过程。每一个在工作岗位上勇于奉献的人，都会体验到这种自信。每担当一次重任，每完成一件工作，每受到一次鼓励，对于人们来说，都是一种工作后的满足，都是一种自信心的增强。自信是做好工作的前提，而工作会增加自信，让心灵得到充实。

工作是一种友情。我们每一个人，无论什么脾气秉性，都或多或少地会有一些比较合得来的朋友，而除了同学、邻居可以成为较好的朋友之外，接触更多的是单位的同事，这些同事可以作为朋友。而那些与工作密切接触的相关单位的合作者等，都可以通过交往而成为朋友。在与同事们交往的过程中，会产生真挚的友情，在与外界的沟通和交流中也不乏友谊的因素存在。日久天长，友情就会珍藏在心中。而在工作中产生的友情会使同事之间密切团结，发扬团队精神，共同高速而有效地完成工作。

每天清晨，迎着第一缕阳光，快步走向工作岗位的时候，那时的心情是美丽的。总是渴盼着见到办公室里那一张张洋溢着喜悦的笑脸，总是期盼着要完成那些充满活力的工作。因为工作赠予我们友情，友情又促使我们快乐。

工作是一种享受。不同的人也许对享受有着不同的理解。有人说：享受就是拥有财富，享受就是拥有权力，享受就是奢华的生活，享受就是花间美酒佳人陪伴，享受就是山珍美味极品佳肴。其实，享受的方式不同，人们的理解也不同。投入工作，才能发挥全部的智慧；投入工作，才能体会人生，感受生命的意义。如果我们决心享受人生，就应该接触世界，了解社会，而最有效的方式是工作。努力地工作，才能享受人生的无穷乐趣。所以，林语堂先生说："如果人们不能领略我们这个尘世生活的乐趣，那就是因为他们没有深爱人生。"如此，深爱人生，应该先从深爱工作开始。

我们不是为了生存而工作，而是为了工作而生存。我们享受工作带来的快乐，并为了快乐而工作。我们每一个人都不同程度地渴望工作，渴望创造施展自己才华的机会，渴望被认可，虽然这样的过程也许会很艰难。很多农民从农村涌向了城里打工，他们撇家舍业，抛弃自己的田产，将土地留给了家里的妇孺，他们不是因为懒惰，或者别的原因，而是很多人愿意体验大家在一起工作的快乐。农民在土地上耕耘，从某种情形来看，更自由，更随意，可是他们不希望一个家庭成为一个单位，每日孤独地生存。融入集体，或许快乐更多些。他们一方面要挣钱；另一方面，更多的是体验工作带来的快乐。

工作是一种心情。在工作的过程中，人们尽可能全面地抒发自己的内心世界，从最初参加工作的渴望，到在工作中锻炼着自己，提升着自己的各项技能，也只有工作着才有这样的机会。许多成功人士正是在工作中获得了各种荣誉。这种荣誉的获得，也是一种心灵的满足，更是一种美好心情的外在体现。因为每个人，无论年龄大小，都有一种荣誉感，都希望自己所从事的工作能够取得一定的成就，能够对自己的人生有所交代。当回首往事的时候，不会因工作的懈怠而遗憾，不会因失去工作的机会而愧悔。

总有那么一群老人，在维护着城市的清洁，在河畔、在绿地，他们戴着小红帽，穿着红马甲，拿着垃圾袋，捡拾垃圾。他们默默无闻地坚持十几年，当新闻报道后，人们才知道，他们中的很多人曾经是全国或全省的劳动模范，虽然已经退休多年，仍然在这里义务奉献着。对于他们来说，这是一种享受，也是寻求美好心情的方式，因为他们的工作有着特殊的意义。不仅净化了环境，也净化了人们的心灵。所以，他们才会感到快乐，他们在为自己创造美丽心情的同时，也为他人带来了愉悦。工作着就是快乐着，在他们的身上得到了完美的体现。

工作也是一种寄托。每天早晨，去马路对面的小吃部买豆浆，会看到几位下岗女工在轻轻地揉捏着小小的面团，神情专注地包着包子，也许为了生存她们每天必须要这样埋头工作，但是这种平凡又普通的工作却让她们从中找寻到了快乐。这种快乐，就在她们轻轻翻动的手指之间流泻出来。也许，对于工作的意义，她们不会用理论去分析，可是，她们确实在工作中找到了一种精神的寄托。

人生的经历也许不会一帆风顺，无论是家庭，还是事业，都会遇到困难和挫折，当心境糟糕时，让自己沉浸于工作中，是最好的解脱方式。在全身心地投入工作的过程中，用心和工作去对话，也许听到的是心语，是心底最真实的声音。

工作是一种追求，工作为我们带来自信，让我们克服困难走向成功。工作是我们寻找友情的媒介，工作在让我们享受美丽心情的同时，丰富着我们的精神世界。

工作是一场值得赞颂的爱恋，从初恋到热恋，从忐忑到安稳，从苦涩到甜蜜，当瓜熟蒂落的时候，人生大舞台的帷幕才会在鲜花和掌声中徐徐地落下。

因此，工作着就是快乐的。

有一种幸福叫健康

每一个人都渴盼着度过最有意义的人生，并在有限的人生旅途中让生命充满无限的欢乐。这份快乐就是一种幸福。幸福的含义很广泛，大体包括人生、生活和事业等，而所有的幸福都要依托于健康的躯体。一个长年躺在床上的病人，也会拥有幸福，但那只是心灵的一种满足。或者，那是一种残缺的幸福。但对于他的亲人来说，那是一种痛苦。所以，能够赐福于亲人和朋友，本身就是一种幸福。一个升入天堂的灵魂，同样不能体会这种幸福的内涵。因为幸福的本身是自己快乐，他人也快乐，而因为健康的原因剥夺了这种幸福，岂不可悲？

当然，生老病死是人们无法抗拒的一种命运，但是，为什么不在可能的条件下，让自己的身体更健康呢？

一个人的魅力不仅仅是注重知识和技能、仪表和言谈、外貌和身材、荣誉和地位、金钱和财富，更重要的是拥有健康的体魄。健康是内在的，是支撑人们幸福生活和美好未来的坚实脊梁，没有了健康的身体，渊博的知识将变得枯竭，高雅的仪表将变得猥琐，漂亮的外貌将变得可怜，充满鲜花、掌声的荣誉和地位将变得渺小，辛勤耕耘积攒的金钱和财富将付之东流。或者，在未及体验到幸福与快乐之时，一切都将毁于一旦。

一位博士毕业生，因为身体出现了问题，不堪忍受未来病症的折磨，出现了严重的心理问题，因为周边的亲人都疏忽了他的病症，没能及时对他进行疏导，加上工作压力过大，在一个漆黑的夜晚，他离家出走，当家人找到他的时候，尸体已经开始腐烂。无数听到这个消息的人都为之感到惋惜。

十年寒窗苦读，父母供他读了大学，在大学里的无数个日夜，他在图书馆和教室里学习，从不敢浪费一丝一毫的时光，终于考上研究生，又一路读到博士毕业。谁都知道，考大学不易，读到博士更不易，要付出数倍于常人的努力才会学到更渊博的知识，一纸博士文凭，没有辛勤的付出和汗水不会轻易获得。可是，这样一位才子，却因为身体的原因，过早地离开了他的父母和亲人。扼腕叹息之余，健康，成为人们一时关注的话题。

同学聚会，聊起健康，一位在部队工作的同学含泪讲述了他的故事：父母先后去世，时间上仅隔了三天。他说："那是怎样的心痛啊！刚刚火化了母亲，从殡仪馆出来，就接到了医院打来的电话，父亲又离开了我们。老天为何如此惩罚我们兄弟，让我们刚刚送走了母亲，又要送走父亲？我们兄弟当时几乎要崩溃了。那一天，下着大雪，天气出奇的冷，我们在寒风中接回了父亲，脚步是那样沉重，我们已经熬了几天，可是我们还要坚持把父亲送走。让他跟母亲合葬在一起，是我们兄弟要完成的心愿。从老家回来，我开始带着妻子锻炼身体，只有身体好了，才能谈人生幸福。"

后来我们了解到，他已经在医院里护理父亲49天，然后又照顾母亲，送走了母亲，再送父亲，他已心力交瘁，身体和心理都经受不住这样的打击，幸亏在部队工作多年，他一直带兵训练，练就了一副好身体，否则，确实难以支撑。

所以，健康要从点滴做起。每日的锻炼，对于那些从事脑力劳动的人们尤为重要。也许，忙碌紧张的工作不会有闲暇的时间，但是，如果上班族在路上多走几步路，在午休时踏着音乐的节奏，舒展双臂，练习优美的舞姿，是多么惬意！在对音乐的欣赏中，心情不仅变得愉悦，也会练出健康的体魄。

如果在家中，踩着健身机的旋律，在快跑和慢走之间体会运动的节奏，应该是一种很好的锻炼方式。如果条件不允许，可以在室内练习一些体育项目的基本动作，比如，喜欢武术的人们做些外柔内刚的太极拳动作，或者轻展拳脚，做些长拳套路的练习；喜欢音乐的人们在室内练习一些颇有张力的舞蹈动作，自我欣赏的同时，又陶冶了情操，岂不一举两得？

随着春天的到来，越来越多的人投入到了大自然的怀抱里。踏青赏景，是热爱生活的人们在春天里欣赏自然美景迈出的第一步。青草萋萋，绿叶依依，抽丝的柳树在长堤倒垂，泛着蓝色波光的湖水，在春风的吹拂下缓缓地流淌；穿了一个冬季的厚重服饰，终于换成美丽淡雅的衣裙；沉重了一个冬季的心情在春天的原野上舒展，呼吸一口初春的气息，既是一种温情的享受，也最有益于健康。

盛夏的炎热过后，人们渴望傍晚的清凉，到公园里散步，听林间的蝉鸣、水里的蛙声，紧张忙碌了一天的身心此刻得到了放松，酷暑的热汗淋漓，在傍晚怡人的清风中获得一丝凉爽，既锻炼了身体，又舒爽了身心，何乐而不为？

其实，健康对于男士来说，是挑起家庭重担的脊梁；健康对于女士来说，是托着家庭温馨的港湾；健康对于父母来说，是子女少却牵挂，努力工作，创造美好未来的希望；健康对于子女来说，是让父母快乐生活、颐养天年的最宝贵财富。

唯有健康，才有幸福；唯有健康，才能快乐工作；唯有健康，才能拥有快乐的人生。所以，健康着才是幸福的。

无尽的快乐正等着你回家

詹姆斯·艾伦,这位世界上伟大的励志丛书《羊皮卷》的作者之一、20世纪英美文坛最具神秘色彩的心灵大师,曾经在书中写道:"无尽的快乐正等着你回家:不要认为你的忧伤从此将挥之不去,它只不过就是一朵乌云,迟早会烟消云散。"

当你在外面受了伤害,最好的疗伤之处还是自己的家,亲人给予的爱是无私的。正如艾伦的那句话:无尽的快乐正等着你回家。

小张是一家外企的部门经理,每天紧张的工作让她感到很疲惫。如果只是工作辛苦还好应付,关键是部门经理这个职位薪资高,很多主管级的员工都盯着这个职位,小张为了保住自己的职位不得不拼命工作,尽管如此,烦恼仍然接踵而至。不争气的下属偶尔会出现差错,小张会挺身而出,揽过责任,虽然保护了下属,自己却免不了受到总经理的批评。她很清楚,这些下属找份工作不容易,她硬不起心肠开除她的那些下属,只好自己一个人扛着,烦恼经常来骚扰她。

每当夜晚拖着疲惫的身体回到家里的时候,看到儿子天真的笑脸,张着小手让她抱的时候,她的心中会感到很快乐,忙碌一天的疲累在这一刻会变得轻松;当老公给她端来热腾腾的晚餐,她的心中顿时涌起了一股暖流。家才是温馨的港湾,回到家里,才能驱散烦恼,得到快乐。

记忆中最喜欢的一首歌叫《快乐老家》,喜欢那首歌的旋律,更喜欢令人想家的歌词:

跟我走吧

天亮就出发

梦已经醒来

心不会害怕

有一个地方那是快乐老家

它近在心灵却远在天涯

我所有的一切都只为找到它

哪怕付出忧伤代价

也许再穿过一条烦恼的河流

明天就能够到达

我生命的一切都只为拥有它

让我们来真心对待吧

等每一颗漂流的心都不再牵挂

快乐是永远的家……

下班回家的时候,只要听到车里的这首音乐,虽然人在路上,心却早已飞回了家。即使在路上行走,只要音乐声飘来,就会情不自禁加快脚步，回到快乐的家。

有这样一个故事：女人经常对男人说，如果下班的时候，能够看到我们家窗口亮着灯光，会让我觉得很幸福。可是，男人的工作很忙，他总想下班第一个到家，打开灯，让妻子走到楼下就能看见屋子里的灯光，可是很遗憾，这样的时候很少。尽管如此，女人还是感到很快乐。虽然她希望看到家里的灯光，丈夫不能做到，但是她换位思考，丈夫回来的时候也是希望看到自己家窗口的灯光的。于是，每天她都回来，摸着黑打开灯，当灯光亮起的那一瞬间，她感到很快乐，也很欣慰。当迟归的丈夫看到这一切的时候，心里一定会很踏实。做好饭，她坐在餐厅等着丈夫归来，当门铃响起，她像离弦的箭一样奔到门边，打开门，递过拖鞋，接过丈夫的包，将他迎进家中。当丈夫一边换衣服，一边用鼻子嗅着满屋子菜香时，她非常满足。如果这时丈夫再说一句："看到我们家窗口亮着温暖的灯光，我的心里暖暖的，回家真好！"女人常常会含泪点头，然后颠颠地跑去厨房，给丈夫拿来筷子，让他尝尝自己的手艺，让丈夫温暖得喜不自禁。

很多人想通过一些刺激的办法来获取快乐，但这种快乐，一定很短暂，不会长久，真正能让你快乐的，一定是健康的、正面的方式，那么，如何在家里获取快乐？

第一，要勇于释放自己的真情实感。不压抑自己，不欺骗自己。

第二，要勇于承认自己有烦恼。认识到自己目前的坏情绪，逐渐驱散它们。

第三，要对生活充满渴盼。只要内心充满希望，什么负面情

每一座城市的周边，都能找到一处有山有水的地方，即使不是名山大川，只要走出去，就会发现，外面的风景很美，外面的世界也很精彩。

于力 / 摄

诗人的情怀就是用寥寥数语，再现一缕阳光、一场细雨、一段生活，所有的场景都让人们时刻体会着无处不在的生活。

于力／摄

绪都不能主宰一个人的内心世界。

第四，换一种方式爱自己。尝试着把自己当成一个婴儿，宠爱自己，娱乐自己，快乐很快就会来到自己的身边。

相信自己，让快乐发自心灵。大千世界，物以类聚，人以群分，这个世界上没有什么人会让你陷入无缘无故的忧伤中，即使欺骗、谩骂、无端的猜疑和构陷，都不会阻止快乐的脚步，因为，无尽的快乐正等着你回家。

第二章

在生活中寻出趣味

生活中的许多幸与不幸,几乎都是同时发生的。在幸与不幸之间徘徊,时光就这样一点一点地流逝……于是,面对生活的幸与不幸,要做好三件事:第一,学会遗忘;第二,学会正思考;第三,学会寻找快乐的方法。保持乐观的心态,拥有一份淡然的心绪,没有什么困难能够轻易击垮一个人。

生活中的幸与不幸

一个善良的小女孩,天真又喜欢小动物。童年时,去奶奶家,被邻居家的狗深深地伤害了一次。喜欢舔着她花裙边的那条小狗,女孩认为很亲近,于是就用那双稚嫩的小手去抚摸狗的小脑袋,其实,她并没有恶意,只不过为了报答那狗的亲近。因为小狗对站在一起说笑的许多女孩子都不理睬,而唯独和她亲近,让她感到这条狗的与众不同。可是,竟然出乎她的意料,这条狗突然张开长满利齿的嘴,将她的手叼在口中,紧紧地咬住,竟再也不放开。任凭女孩大喊大叫,就是紧闭狗嘴不松口。无奈的她,只好哭着将手硬从狗的嘴里拽出来。

时至今日,她的左手手心还留有一块当年与狗搏斗的疤痕。这"光荣的纪念"已经伴着她度过了20多年的时光,如果不使用"疤痕灵"之类的药物,恐怕是一辈子都不会除去了。

虽然被狗咬过,她还是感到幸运。当时没打狂犬疫苗,一直忐忑着。好在时光流逝,这么多年过去,没得狂犬病,真是不幸中的万幸。那个被狗咬过的女孩就是我。

很多时候,生活中的幸与不幸,几乎是同时发生的。

在乡间居住的那些年，命运似乎跟我开了很大的玩笑。父母没在身边的日子，让我体验了许多人间的冷暖。寄居的亲属家里，每天吃两顿饭，不会因为一个孩子的饥渴就会格外地给予恩赐。房梁上挂着的小筐里放着饼子，可是我却够不到。在这样难熬的时光里，偏偏又不慎掉进了池塘里，是路过的老八路爷爷将我救了上来。从部队回来的小姨为了给我压惊，特意奖励我一条新裙子。

没被河神带走的我，与老八路爷爷结下了很深的友情。谁都不会想到，当我的手指就要被切掉的时候，是他哀求医生保住了我的两根手指。从那一天起，每一次换药，他都背着我哼着乡村小调，一路喘息着从村子来到医院。雨天，他把雨衣给我披上，赤着双脚在泥泞的小路上走着，满身的泥浆，满脸滴落的分不清是汗水还是雨水，我们这一老一少，在潇潇的雨中艰难地行进着……

每个人都渴望幸福的童年，可是，本该快乐的童年有时被不幸所包围。如果说疾病、意外注定会给童年留下痛苦，而艰难的生活，也是童年中的又一种不幸。

在幸与不幸之间徘徊，时光就这样一点一点地流逝，当我真正明白幸运的含义时，已经走过了童年，老八路爷爷也在一个雷雨交加的夜晚，步入了天堂。

很多时候，我们面对生活中的幸与不幸，来不及思考，就已经物是人非了。就像《罗丹笔记》里写的那样，即使"天堂近了，却还未达到，地狱相去不远，却还未忘掉"。虽然每一个人的思想中都有与命运相争斗的痕迹，但是，这种争斗有时却是无谓的，没有丝毫意义。

于是，面对生活中的幸与不幸，要做好三件事：

第一，学会遗忘；

第二，学会正思考；

第三，学会寻找快乐的方法。

遗忘，有时会很艰难。很多痛苦是驻在心灵深处的，包括身体的磨难、心理的伤害，以及生活的艰难。一个经历过所有磨难的人，要想放下过去，磨平记忆深处的疤痕，实属不易。可是，生活中不只有回忆和痛苦，快乐地前行更重要。学会遗忘，才能轻装前行。

思考的本身，是将一件本来很简单的事情做得复杂化，这种思考，与科学研究的思考不同。涉及科学的内涵，思考得越深刻才越有研究的价值，或者得出有价值的结论。而为了痛苦去思考，则得不偿失。放弃思考，就是放弃过去；放弃过去，就意味着放弃痛苦。将痛苦从头脑中或者记忆中抹去，剩下的就是快乐。

很多人都在为成功寻找方法，其实，在找寻成功方法的同时，更要找到快乐的方法。成功需要天才加汗水，而快乐不需要天才也不需要汗水，快乐就是一种心境，或者说是一种趣味。

朱光潜说："人须有生趣才能有生机。生趣是在生活中所领略的快乐，生机是生活发扬所需要的力量。"所以，"世界上最快活的人不仅是最活动的人，也是最能领略的人。所谓领略，就是能在生活中寻出趣味"。

很多成功人士，都曾遭遇过生活的不幸，幸运的是，他们保持了乐观的心态，在成功的路上越走越远。相反，诅咒命运不公并停滞不前的人，或忧愤而疾，或抑郁而终，其结局，不难预料。

保持乐观的心态，拥有一份淡然的心绪，没有什么困难能够轻易击垮一个人。还是记住比尔·利特尔的话："在生活中，你永远有特权去做你高兴的事，但是你有权利从你的所作所为中得到最多的乐趣。"不管生活多么艰辛，只要有一份快乐开心永远洋溢在心头，足矣。

享受孤独是一种幸福

我的偶像袁道之老师在微博上摘录友人的诗句时有这样一句话:"你盼不再孤独,我盼孤独一会儿!"

与袁老师的"孤独会浸透到骨髓里去"相比,我一直认为凡·高是真正孤独的人,他的孤独在于内心世界的孤独,而正是这种孤独,成就了他后来的艺术。自从欣赏凡·高画作的那一刻起,我就认定,凡·高是一个孤独的人。

他的贫穷、他的疾痛、他对生活的热爱以及他人性的善良都被这本设计精美的画传所描述。从离开英国到成为博里纳日的福音传教士,用上帝的光芒去温暖那些病痛的心;从夕阳照耀着归途的水潭边,观看渐渐地消失在苍茫暮色中的埃顿之恋,到从浪漫海牙来看凡·高的第一个女人;从田野里写生的奇特感觉到超越巴黎的冬天;从阿尔的太阳到摆脱了恐惧的雷米的疯人院;从奥维尔的最后日子,到返回大地母亲的怀抱,永远地埋在那肥沃而散发着芳香的泥土中,凡·高苦难而沉重的一生淋漓尽致地展现在我们的眼前。

作为艺术家的凡·高,时刻展示着其艺术作品的独特性及人格魅力、独到见解和艺术观点。他说:"我借助人物或者风景,表达的不是伤感,而是庄严的悲哀。"无论画人物还是画风景,他都能用真实的画面反映当时所处的时代背景。

他画秋天的杨树,在暗红色的杨树间,透露着天空的一点蓝色,他说:"谁要是真心热爱大自然的话,谁就能够处处发现美。"即使今天我们对此也深信不疑。凡·高不仅画出了社会底层劳动者辛勤劳作的场景,也用浓重的色彩去描绘生活中美好的事物。当我欣赏着凡·高的《瓶中的菖兰和康乃馨》《瓶中的菖兰和丁香花》等作品,总是不禁想起今天的那些高档工艺品店里出售的精致的花和盆景,那些插花和装饰都隐含着凡·高画作的影子,也许是凡·高艺术的再现。从这种再现中,不难看出,凡·高的艺术是不朽的,凡·高的作品百世流芳,凡·高的精神永远根植于人们心中。

与众不同的是,凡·高在不同时期的自画像后,都留下笔迹,阐述着自然和生命。"许多人由于各种原因脱离开一切自然的东西,因而丧失了他们真实的与内心的生命,同样也有许多人生活在不幸与恐惧中……男人与女人一样,在他们的心中,恐惧是拟人化的,他们的不幸是难以用语言来形容的。"他用"艺术家这个词意味着'我探索,我奋斗,我无条件地献身艺术事业'"表达自己的心声。在画过《鲜花盛开的果园》后,他写道:"我只有意识到对社会的某种职责时,才与社会发生联系。我已经在世界生活了30年,我要以素描和油画的方式给世界留下纪念品,不仅仅是为了爱好艺术,更是为了感激,是为了以艺术来答谢世界的美好。"这是一个曾经经历过苦难和孤独的艺术家对世界和人类的无限热爱，正是因为这种孤独，才成就了凡·高画作的艺术美。

凡·高曾经生活在社会的最底层，那些"个性孤傲、感情脆弱、情绪癫狂"等词都可以用来形容他，他的绝望与悲观、抑郁与偏执，皆构成了其艺术人格特征。他对情感的表现形式和其艺术语言的独特性，都真实地写照了他的独具魅力的人格精神。也许，"穷困潦倒的生活，使他对绘画本质的认识逐渐升华为自身生命与精神寄托的理解，是对他情感家园与生命负载的把握"。他对生活本真的探索和体验，使他的绘画无论在主题还是艺术精神上都是人类心灵的昭示，展现了人们丰富的内心生活和精神世界。

凡·高象征着一种艺术人格，而他生前是寂寞而孤苦的，他执着地追求着艺术，并在对艺术的追求中融入了自己的生命。虽然他生前的画作仅卖出了一幅，而他留给后世的是无价的艺术瑰宝。凡·高的信仰"单纯而洁净，古老而永恒"。谁能说他这种孤独的背后展现的不是一种幸福？没有精神孤独，就没有他的杰出，更不能使他成为后来艺术家们所崇拜的偶像，尤其是他的艺术人格也成为艺术家为实现理想所追求的一种崇高的境界。

与高更的玩世不恭和冷漠无情相比较，凡·高更富有同情心。他在短暂的 37 年的时光里，用热情和善良，展示真实的思想和孤独的内心。他用心绘画，用浓重的笔触和色彩，表达特殊的艺术情感；他用孤独的心灵，颂唱着生命的美好；他用流畅的笔触，荡涤着古典的绘画传统，抒发着内心的绝唱，从而不断地创造属于心灵世界的艺术作品。

解读凡·高，他的身世一定会深深吸引你，连同他的画作，他发自内心的痛苦和忧伤，这一切，都会使心灵更为敏感，使感情更为丰富，并促使我们最终确立起一种生活的信念，确立起一种在悲哀中的庄严和在痛苦中的爱！

不仅是作为艺术家的凡·高，每一个写作的人也注定要经历孤独，喧嚣的都市、浮躁的心态中不可能写出传世的作品。巴尔扎克曾经蓬头垢面地来到居于偏远乡野的德·彭梅瑞尔将军家，在倾听将军回忆的同时，他忘却了巴黎、忘却了朋友，甚至忘记了德·柏尔尼夫人，开始了长达两个月的写作，终于完成了《最后一个朱安党人》这本书，使他的小说具有鲜明的时代特征。

贝多芬被称为用苦难谱写欢乐的音乐家，他在生病后，写信给韦该勒说："我过着一种悲惨的生活。两年来我躲避着一切焦急，因为我不可能与人说话：我聋了。"他的愁苦，在他的《奏鸣曲》里有所表现，但是，并不是所有的作品都带着忧郁的情绪，在《七重奏》里，体现着一种欢悦的氛围；在《第一交响乐》里，人们能感受到一种明澈如水的意境。这些作品，既反映着青年人的天真，又展现着对幸福的欲望和向往。虽然那时的贝多芬，独自一人过着隐居的生活，可在他的作品里人们同样能够找寻到对幸福的渴望。

凡·高、巴尔扎克、贝多芬分别是天才的画家、作家和音乐家，都经受过孤独的煎熬，但在孤独的背后，收获的是幸福，是送给读者和听者的幸福，是送给欣赏者和收藏者的幸福。其实，孤独是心灵寂寞的一种内在的表象，而享受孤独，在落寞里扬起希望，填充寂寞的心灵，谁又能说不是一种幸福？

幸福就在我们身边

在幸福中生活的人，就像钻进了蜂蜜罐子，只能品味甘甜，不知道苦的味道。很多富有的家长，有意将孩子送到艰苦的地方锻炼，这些孩子可能不理解家长的一片苦心，其实，家长这样做，就为了让孩子多了解生活，尤其在困境中品味生活，才能彻底明白，他们今天的甜源自父辈昨天的辛苦。

《南京日报》刊登过的一篇文章讲述了一个女孩子童年时期在农村吃榆钱儿饭的往事，虽然不是父母故意而为之，却让她对生活有了新的体验。其实，对于每一个人来说，童年的生活都应该是充满斑斓的色彩的，童年的岁月都应该是一生最幸福的时光，对童年的回忆也应该饱含着一份甜蜜。但是，追思自己的童年，欢乐的日子固然很多，但是痛苦也在心灵深处留下了很深的印记。而那些在艰难困苦中寻找到的儿时乐趣，就更加难以忘怀了。

女孩尚不懂事的时候，母亲住院，她被寄养在乡下的二姥姥家。每天在外面和伙伴们疯玩疯跑，到吃饭的时候，二姥姥总是找不到她，等他们吃过饭后她又跑回来了，致使二姥爷生气地骂了她很多次，总是扬言不再给她饭吃，要饿死这个疯丫头。她也常常顽皮地想，一定自己做顿饭，吃得饱饱的。

机会终于来了。那一天，她和小伙伴们正玩着的时候，突然感觉，饥饿就像一条小虫在胃里上蹿下跳。于是，她和伙伴们商量着中午自己动手做顿饭，先解决一下肚子饿的问题。

可是吃什么呢？农村确实没有什么可吃的。

小刚提议说："我们今天还是吃榆树饭吧。"大家都愣住了。

"什么？榆树能当饭吃吗？"她问。

小刚哈哈笑着说："是吃榆钱儿饭。"他们也都笑了起来。于是，几个小伙伴立即开始行动。

正值春季，屋后的老榆树上，挂满了淡绿色的榆钱儿，饱满的榆钱儿压得榆树枝向下低垂着头，在阳光的照耀下闪着诱人的光泽，她不禁想象着榆钱儿吃在嘴里时的感觉，一定是语言描绘不出来的那种。在她恍惚的思绪还没有走远的那一瞬间，男孩子们已经敏捷地爬上了房后的老榆树，他们向下扔着带有绿绿的榆钱儿的树枝，而女孩子们则在地上不停地从树枝上向下撸榆钱儿。一会儿，就装满了一小盆。然后，在小刚的指挥下，一伙儿孩子蹦蹦跳跳地跑回二姥爷家，开始生火做饭。他们这些比锅台高不出多少的孩子一齐动手，洗榆钱儿、和面、烧玉米秸，各有各的分工，她负责做大厨的工作。把和好的面放在锅里，烧开后，撒上一层榆树钱儿，放一些调料，再把大人们藏起来的香油也偷出来洒上几滴，终于就闻到了面糊糊的香味了。

当他们每个人盛着一碗榆钱儿面糊糊在那儿有滋有味地喝着时，心里都有一种难以形容的激动，这毕竟是他们第一次做饭啊！

虽然，童年的困苦时光已经悄悄地流逝了，可她却常常回忆起那个时候，在那些苦涩的日子里在农村拥有的快乐日子，度过的最难忘的童年时光。那时，没有肯德基，也没有麦当劳，更不可能拥有在父母怀里撒娇的日子，但他们却自豪地认为，他们的童年时光是快乐的，经历过的那些艰辛和磨难，也许正是他们在人生的旅途上克服困难、不畏艰险的一种铺垫。

现在，人们的生活形式更加丰富多彩，生活情趣也日趋高雅，可供品尝的各类美食和各种菜系也很齐全。有时，不出市区，就可以看到具有农家风味的粗粮馆和农村家常菜，人们的就餐口味也逐渐趋于天然食品和淳朴简单的做法。可是，无论生活水平有了多么大的提高，无论日常生活中吃到多么可口的佳肴，她却难以忘记，在童年的艰苦岁月里，他们做的第一顿饭。那是吃得最开心的一顿饭，不仅深深地体会到了自己动手的乐趣，也体会到了艰苦的农村生活中尚存的天真童趣。

幸福不一定是享受高级宾馆里的豪华套餐，也不一定是穿着华丽的衣装，如果去超市买一瓶红酒，和三五个知己去欣赏湖光山色的同时，品啜一点红酒，在自然的怀抱里，就会体验到什么是真正的幸福。很多人费尽心机想得到，最终却发现，原来自己想要的一切早已经拥有，可是当最终明白这一点的时候，往往这种简单的幸福却已经失去，且离我们越来越远。

珍惜自己曾经拥有的幸福，才会觉得人生更美好。坚信自己拥有了很多，才会向幸福靠近。即使是童年的一碗榆钱儿粥或者一顿红薯饭，都会品尝出生活的美好。静下心来好好感受吧，每一个人都会找到最简单的幸福，因为，幸福就在我们的身边，从不曾离开。

最容易满足的快乐

美国的保罗·皮尔索（Paul Pearsall）博士在他撰写的《快乐处方》(The Pleasure Prescription)这本书中讲述了一个编花环妇女的故事，虽然编花环很辛苦也赚不了几个钱，但是那位妇女却从中得到了满足。编花环的妇女这样描述编花环时的快乐："当我做花环时，我从不会觉得饥饿、口渴或者困倦。一种全新的感觉包围着我，我自己似乎不存在了。当花环告诉我已经做完时，我感到全身都焕发着活力，仿佛花环将我编织成了一个新人。我对花环的感觉很好，因为花环对我的感觉似乎也很好。"这位编花环的妇女从编花环的劳动中获得了愉悦，获得了快乐。

在北京香山的山脚下，很多卖花环的老人面带笑容，向游客们展示他们亲手编结成的小花环。他们手里拿着的，头上戴着的，脖子上环绕着的，都是带着山野清风余味的淡雅小花编结成的花环。游客们欣然地接受了这些老者的推销，买了许多花环，也戴在了自己的头上。闻着那散发着幽幽清香的花环，心中顿时生发出一种难以言表的快乐，而且那快乐就在不知不觉间从胸中荡漾开来，萦绕了整个心间。

当他们带着这种意想不到的快乐，向着山顶攀登的时候，丝毫没有感到疲惫。相信很多买花环的人在那一天拍摄的许多照片中，都会留下他们头上戴着鲜花与草编的花环的倩影。这种体验我也有过。除了戴着花环照相，还配合这种愉悦的浪漫，买了很珍贵的香山红叶，看着红叶上题写的一首首汪国真的隽永淡雅的小诗，觉得世间最珍贵的礼物也不过如此。一枚飘着馨香的红叶，一首温情的小诗，那种浪漫，那种感怀，一种快乐和感动在心底油然而生、挥之不去了。而这快乐和感动的根源却在于戴在头顶上的小小花环。

小小的花环，透着编结者的灵巧，却也为他人带来了欢愉，难道这不是快乐的一种方式？其实，编织这小小的花环，就是编织一种快乐。当我们为了生活而奔波，为了做好自己的工作，而常常陷入焦虑和不安时，想想那位编织花环的妇女和那些在香山卖花环的老者，他们编织花环的前提是为了生存，他们为了生存而艰难地劳动着，但他们却从维持生存的这一最低要求中得到了无限的快乐。

当我们无意要从生活中获取许多时，我们却从生活中得到了一些东西。我们奉献得越多，得到的也越多。所以，透过小小的花环，我们创造了一种生活，那也是一种快乐，而快乐就是一剂良药，快乐使生存更有意义。所以，创造一种属于自己的快乐心态，用积极的人生态度去创造主观的快乐，让客观的悲伤和忧郁随着逝去的岁月逐渐地消失，让生活中处处充满阳光吧。

张闻天说："生活的理想，就是为理想的生活。"

快乐的生活，不仅愉悦他人，最重要的是，也能给他人提供

走出家门，去看外面的世界，就像打开一把心锁，
看着美妙的风景，赏心悦目的同时，也超越了自己。
其实更精彩的风景在远处，更放松的心灵就在风景里。

于力／摄

一枚飘着馨香的红叶，一首温情的小诗，
那种浪漫，那种感怀，
一种快乐和感动在心底油然而生、挥之不去了。

于力／摄

便捷的生活并带来快乐。

每一次到海滨，满眼都是浩瀚无际的蔚蓝色，总是惊叹于这自然的造物主竟然如此神奇。高远的天空上，零星地点缀着朵朵白云，而望向远方，天与海相连的一幅美景，就在眼前闪现，和谐而融洽。在浮动的白云下，是微波荡漾的海洋。站在颠簸的船头，抬眼望着远方，波光粼粼的水面闪着耀眼的光，不远处成群的鱼儿在水中嬉戏的快活样子，深深地感染着我们。透过淡淡的海水，有一群小鱼向我游来，非常遗憾，没有渔网，只好用雨伞捞小鱼，而狡猾的小鱼却都逃脱了。尽管没捉到小鱼，而且回来后雨伞也生锈了，再也不能使用，可是这一次的愚蠢趣事还是让我每每回忆起来便觉得好笑。

在岛上，我们用一箱啤酒换来17斤螃蟹，岛上的居民帮我们煮熟后，大家坐在沙滩上喝着啤酒，吃着螃蟹，在正午阳光的照射下，海边热浪灼人。男同胞们穿着短裤跑到岛上一个快要枯干的水井里藏起来，而女同胞们索性打开被海水浸湿的雨伞，遮住已经被太阳烤得像红薯似的脸，躺在下面，随太阳任意地晒着。我也在炎热的细沙上躺下来，享受这日光的照射，将耳朵贴在沙滩上，倾听大海时而激昂、时而婉转的歌唱，倾听浪花欢快蹦跳着消逝在水中的沉吟。这一刻，感觉世界是那么的可爱，能够在这个世界上生存，能够在这里与大海相依相伴又是多么的惬意！

正陶醉在海岛风情中的时候，听到岛上小村子的播音员带有海蛎子味的播音："村民们请注意，今天村里改善生活，都来领啤酒，每家两瓶，省着点喝……"原来村委会将我们的啤酒分给了所有村民。

一箱啤酒换 17 斤螃蟹，谁都知道岛上的居民吃亏了，可是他们仍然沉浸在快乐中，并要全岛居民共同品味啤酒，谁能说这不是一种境界，不是一种乐趣？

总是有人问：什么东西最容易满足？

动物吃得饱睡得好就行，植物有水喝有太阳晒就行。

人为什么不容易满足？

这是因为人的欲望太多。欲望多了，人就变得贪婪，贪婪即离不开自私。

马登曾经设想过这样一个情节。一朵玫瑰对自己说："我不能将自己全部绽放，将美丽和芬芳带给这个不懂得欣赏的世界，我应当保留它们，将它们留给我自己。"在马登看来，"这朵玫瑰永远也不会有所发展，因为它的花蕾没有得到绽放，它没有将真正的自我展示出来，没有将自身的美丽和芬芳呈现出来。有所保留的玫瑰永远不会成为一朵真正的玫瑰，它永远无法绽放出美的力量，最终只能渐渐枯萎、凋零"。这就是自私的结局。

多年以前，很多上网的人都玩过"偷菜"游戏，虽然"偷菜"后来改成了"摘菜"，称呼变了，但是游戏的本质并没有改变，无数人仍然沉浸在这种娱乐之中，原因何在？

心理专家分析，"偷菜"可满足人的诸多心理需求：

1. 满足玩乐的天性。可以释放压力，获得片刻的轻松。

2. 满足占有欲。偷得越多、占有得越多，心理上的满足感越强。

3. 满足回归自然的渴望。采摘的过程也是享受的过程，走进自然收取丰收的果实也是人生一大乐趣。

4.满足精神生活。现实生活中没有心理寄托的人，可以去摘菜，借以度过一些休闲时光。

既然虚拟的网络游戏能给人们带来很多生活中的满足和乐趣，现实世界里的人和事更会让人们感同身受地体味无尽的快乐，如果人们只想得到快乐却不去体会那种满足感，一切就会像过眼的烟云从生活中消失。如果一个人的生活目标是让自己成为有用的人，并因为自己的存在而让这个世界更加美好，就应该拥有长久的满足感。

人生就是一道不等式

我们常说：爱一个人只需要付出，不需要回报。

很多时候，我们也明白这样的道理，付出，不一定都有收获。有时候，付出是一种精神，或者是一种修养，是人生达到了一定高度的一种体现。付出和回报不是相等的，它们只是生活中的一道不等式。

根据这个不等式，我们可以设定出许多问题。比如：

付出总有回报？付出就有回报？付出才有回报？

付出不一定有回报？付出有回报吗？只有付出才有回报？

按照这些问题我们可以感受到生活中存在着大量的不等关系，一些人名气很大，但是没有架子；很多职场人士工作很忙，但却特别守时；新闻里报道的那些腐败官员职位很高，却不等于素质高。

很多时候，我们都会尽自己的全力去帮助别人，虽然从来没想过回报，但是生活中却总是有很残酷的现实打破我们心中的平静。

我的一位朋友，曾经帮助一位很有名望的作家扩写一部小说，她是抱着学习的态度去改写的，起早贪黑地写了将近一个月，终于将原作的3万字中篇小说改成了长篇，本以为她的劳动会得到肯定，却没想到，遭到了对方的一顿痛骂。她不解，忍着眼泪问我：难道我帮助别人帮出了毛病？我牺牲了自己写作的时间，克服了那么多的困难，就是为了学习写作，难道我这一个月的努力都白费了吗？

那位朋友不仅在物质上分文无收，在精神上还被重重地打击了一次。

爱因斯坦说："我每天上百次地提醒自己：我的精神生活和物质生活都依靠着别人的劳动，我必须尽力以同样的分量来报偿我所领受了的和至今还在领受着的东西。"

如果那位作家有爱因斯坦的胸怀就好了，我总是这样想。

一位编辑朋友，在文章的撰写及修改方面给我提出了很好的建议，我很感激。一个偶然的机会，发现他写过很多学术著作，我建议他将自己的资料放进百度百科中。可他对电脑的使用不是很熟练，于是，受他委托，我帮他建了百度词条。

当我正沉浸在帮助了编辑这种快乐之时，一盆冷水立即熄灭了心中的那点快乐之火。他的妻子找到了我，说我多管闲事，因为编辑的生活一直以来都是妻子在料理，包括日常生活的各个方面。

很久没掉泪的我，这一次委屈得泪流满面。

我在生活中，总是认定，付出是不需要回报的。我从没想让编辑表扬我，因为做这件事的时候，从没想过回报，却因此产生了麻烦。帮助了别人，还要做检讨，当时很不理解。后来逐渐明晰，生活没有等式，付出也会受到曲解的，这一切都正常。

在生活中我们都会遇到委屈、遭受误解，甚至，自己抚育的孩子，当他长大后，越来越成熟，逐渐有了自己的主见，不像儿时父母给他们规定可以做什么，不可以做什么，或者这个时间可以做什么，那个时间可以做什么。他们不会再听父母的教诲，父母多说一句话他们都觉得烦躁。他们逆反，他们不理解父母，甚至顶撞父母。这时，做父母的，无论如何也转不过这个弯儿，他们的心里有的只是付出后的伤心。

其实，父母相对于子女，是不需要回报的。而子女对父母是应该回报的，回报的程度如何，关乎他们的情感底线，有时与道德无关。

在家庭生活中，这种生活的不等式比比皆是。

一对结婚二十几年的夫妻，妻子每天洗衣做饭带孩子照顾老人，还要到外面去工作，丈夫每天抽烟喝酒看电视，过着衣来伸手饭来张口的日子，因为工作不顺心，每天回到家里大吵大闹，妻子只是默默地洗衣做饭，为了孩子维持着这个家。可是，丈夫非但没有体谅妻子的付出，有时甚至动手伤人，这个家时刻在风雨中飘摇着。不难想象，离开了妻子，这个丈夫会怎样生存？

另一对夫妻，曾经白手起家，一起创下了家业。在艰难的条件下，夫妻二人互相鼓励，终于走出了逆境。可是，他们却不能一起守业。丈夫手里有钱了，开始追求刺激的生活，不仅找了小三，还生了孩子。当妻子出差回来的时候，发现了丈夫的一切，她很难过。但是，她没有大吵大闹，只是默默地离开了家。后来，朋友问她，她说丈夫的做法也算常见。人生总有不等式，她能够拥有财富，却不一定能拥有男人的心。

法国作家、诺贝尔文学奖得主纪德说："对于心地善良的人来说，付出代价必须得到报酬，这本身就是一种侮辱。美德不是装饰品，而是美好心灵的表现形式。"按照纪德的说法，付出了，就不要想回报，只要内心安宁，比什么都快乐。

当我们付出，不但没得到回报，反而受到了埋怨，这种情况下，不必怨恨，也不要悲伤，人生就是一道不等式，所有的努力都不求回报，抱着这样的心态去生活，才能幸福和满足。

第三章

用色彩点亮人生

爱自己,并不等于自恋地活着。济慈说:"美就是真,真就是美。"拥有真实而美丽的人生,首先要为自己的一生做好规划。因为人生可以规划,生活也可以规划,规划好生活的人,就是拥有自信的人。自信,才能让生活更充实。

人生就是一场兔子舞

日本的三木清在《人生论笔记》中曾经写过这样几句话:"生活既与娱乐相区别,又与娱乐是统一的。娱乐必须成为生活,生活必须成为娱乐。娱乐应该成为艺术,生活应该成为艺术。生活的技术应该就是生活的艺术。"

这样的句子很辩证,也富有哲理。可以说,对生活与娱乐的关系给出了明晰的答案。

多年前,曾经和同学们外出旅游,在我们住宿的宾馆里,有一个小型的歌舞厅,来自不同地区、不同行业的人们,在晚饭后纷纷来到这里,去寻找旅游中最喧嚣的一种节奏,或者是去找寻令自己愉快,也令他人兴奋的一丝乐趣,为这次旅游增添一个小小的插曲。当音响师播放出被称为《兔子舞》的迪斯科快曲时,歌舞厅里正在休息的人们不再沉浸于舒缓的慢三步和慢四步乐曲,而是加入到了"兔子舞"这种快节奏的舞蹈中,人们模仿着兔子的跳跃动作,向前跳一步,向后退一步,再向前跳四步,脚下踩着音乐的节拍,双手搭在前边同伴的肩上,没有人喊口号,大家却齐整地向前跳跃或者后退,叫喊声和欢笑声就在那一刻充溢着整个空间。一曲过后，虽然大汗淋漓，却是那样兴奋，原来，兔子舞不仅收到了运动的效果，也达到了开心的极限。

自从那次旅游归来后，到街上购买了《兔子舞》的光盘，闲暇的时候也会感受一下这种兔子舞的快节奏，体会着那种跳跃的感觉和动感的旋律。在这种看似运动的体验中，我却突然感悟到：生活在这个世界上的每一个人，不正像我们跳的兔子舞一样吗？当我们得到父母的恩赐，来到这个世上，生而为人，在父母的呵护之下，从稚嫩走向成熟的过程中，或许顺利地成长，生活中没有波澜，总是充满幸福；或许遭受了无数的挫折，处处充满坎坷，然而，无论如何，人们都会循着自己的生活轨迹，不停地向前走去，仿佛踩着兔子舞的节奏，在人生的地毯上不停地舞动着。

其实，生活就是一个大舞台，每个人都是这个舞台上的一个舞者。人生的序幕拉开后，每个人都在这场舞剧中扮演着一个角色，这样的角色也都在上演着有关自己的悲喜剧。悲剧的色彩浓厚了，喜剧的效果就会差一些；而喜剧的色彩浓重了，悲剧的结果就会暗淡些。人生的悲喜剧是一对矛盾的统一体，共同存在于生活中，而创造快乐的生活，为了生活的充实，为了生活富有情趣，就应该给人生赋予喜剧的色彩，让生存或者活着更有意义。

法国人爱邦诺特说："为忙碌的人带来松弛，为有闲的人带来消遣的游玩是一种轻松愉快的娱乐活动。它常常能使人们彼此之间无需争议，摆脱各种杂事，甚至有时能忘却自身。"

当我们所有人陶醉在兔子舞旋律里的时候，正应了爱邦诺特的话，我们忙碌的时候，得到了松弛；我们有闲的时候，成为一种娱乐。当舞动过后，我们的头脑仍然是清晰的。

我们会问自己：这种人生的舞动能停止吗？答案是否定的。如果人生还有目标，如果人生还需要奋斗，就不能停止这种舞动。在人生的旅途上，可能经历过城市的喧嚣，渴望过森林的静谧，然而，人们也需要退去喧嚣的宁静以及不甘寂寞的静谧，这些，都是人性使然。

在城市的水泥森林里，我们曾经到公园里找寻过为数不多的树林，去那里吸氧，在有限的空间里舞动曾经麻木的双腿。这时，又是多么渴望回归大自然，重燃心中的娱乐之光，跳一曲节奏明快的兔子舞！由此联想，在人生的舞台上，是否也能跳好这场兔子舞呢？

答案是肯定的。踩着生活的节奏，让心中充满快乐，才能跳动着人生的旋律，舞动着人生的节奏。

当然，在人生的舞台上，有的人成了失败的舞者，而有的人因为自己的舞技高超获得了成功，赢得了观众的掌声，也受到了更多人的尊敬。无论人生成功与否，生活注定都不会离我们远去，唯有生活，才是最真实的。

很多人在生活的舞台上，展示了精彩的舞技，成为最出色的舞者。威廉·迪恩·豪厄尔斯在一篇文章中提到乔治·威廉·柯蒂斯时写道："世界上有许多伟大人物，虽然他们也是普普通通的人，但他们的名字却代表着某种力量。这样的人即便是与世长辞，人们也不会随着时间的推移将他淡忘，因为不论他是生是死，他和我们之间的距离都是相同的。他们从未来过我们生活的地方，但只要是阅读过他们书籍的人，听过他们逸闻的人都会感觉到，他就在我们的身边，时刻伴我们左右，是我们的朋友。即使是在今天这个瞬息万变的电子时代，印在邮票上的头像也会让我们不停地想起他，永远无法将他从记忆中和脑海中抹去。"

名人如此，普通人亦如此。一个个子很小、相貌平凡的人，生活中开朗、乐观，只要他一出现，就会带来笑声。很多邻居家的孩子，为了跟他在一起，晚上放学后很快就写完了家庭作业，然后三五成群地来到他的家里。他给孩子们变魔术，讲述有趣的故事，在孩子们快乐开心的笑声中，他也找到了自己生活的乐趣。他的舞台很小，可他拥有的胸怀却是宽敞的。一群又一群孩子长大了，离开了自己生活的那个院子，可他仍然在那里生活，而且继续着自己的那些故事。当有一天，他走完人生最后一段路的时候，那些当年听他讲过故事的孩子们不约而同地来给他送行。他们的哭泣中，有对当年的回忆，也有对他的留恋。

在生活的舞台上，每个人都是故事的主人翁，每时每刻都会上演着最精彩的故事。如果，把生活比喻成一个舞台，那么，人生就是一场兔子舞，相信每个人都能跳好这场兔子舞，当一名最出色的舞者。

品位高雅的女人爱色彩

生活就是一个万花筒，有着斑斓的色彩。同样，热爱生活的女人，也喜欢色彩。女人喜欢色彩，就是喜爱生活。热爱生活的本身，就是一种自信的表现。

策划生活的女人首先要"好色"。提到色彩问题，不觉惭愧，因为喜欢穿着绿色的系列服饰，每天招摇于办公楼里，无论春秋冬夏，无论棉服还是夏装，都以蓝绿色为主调，搭配以不同的绿色饰品，惹得当时单位的一位大姐善意地警告我：总是穿着绿色在我面前荡来荡去的，当你是大树了，赶紧给我打住，换个颜色吧。

可是对于绿色的强烈喜爱，怎么能轻易就改变呢！

女人"好色"，是说女人喜爱各种颜色。哪一个女子的衣柜里不是装着各种颜色的服饰？对于她们喜爱的颜色，她们会千方百计地去寻找，甚至不惜从一条街逛到另一条街。在寻找的过程中，女人逐渐地对色彩有了更加深刻的认识和了解；在寻找的过程中，女人逐渐地提高了自己的审美观。通过对各种不同颜色的探究，女人的性格也在瞬间一览无余。

喜欢红色的女人热情奔放，喜欢绿色的女人平静柔和，喜欢蓝色的女人心胸开阔，喜欢灰色的女人忧郁深沉，喜欢黑色的女人神秘独立……不同的女人喜好的色彩不同，但是，有一点相同的就是所有的女人都喜欢颜色。喜欢色彩的女人，无论贫富，都对色彩有着基本的要求；喜欢色彩的女人，无论知识多少，都希望用色彩打扮自己；喜欢色彩的女人，无论生活多么艰辛，对色彩的追求不会改变；喜欢色彩的女人，无论是否拥有生活的乐趣，却最终要用不同的色彩来装扮自己。

也许，这就是色彩的魅力，也是女人"好色"的原因。

对于"好色"的女人，你能说她们不热爱生活，不给自己一个满意的策划吗？

策划生活的女人要对季节有所偏爱。

女人喜欢色彩，犹如喜欢她们钟爱的季节。女人喜爱季节，是因为不同的季节可以展示她们对于色彩的不同爱恋。

春季到来时，是女人感觉最惬意的时刻，脱去沉重的衣装，换上轻柔的服饰，心情也随之轻松而愉悦。而在春光明媚的季节，是她们展示色彩的开始。春天的颜色，不仅仅展示着人们渴望原野的绿意，更能体现女子的靓丽。走在春光里的女人会用鲜艳的红、黄、绿来装饰自己，也会用淡淡的黄和浅浅的绿来修饰自己，尤其介于红色和黄色之间、黄色和绿色之间的那些色彩，更让女子喜爱。当着上了色彩的女人穿着高跟鞋、拎着高雅的手袋，昂首走在刚刚吐露嫩芽的柳枝下，那种催春的感觉就会提前写在她们的脸上。

夏季里的女人，就像家乡那蓝色的湖水中盛开着的荷花，宽大的绿色荷叶上总是滚着滴滴露珠；还有那清新淡雅的水莲花，在睡梦中醒来的那一刻，它那朦胧的美深深地吸引着每一个热爱色彩也热爱生活的人。我常常将夏季的女人比喻成家乡的湖里正睡着的莲，淡淡的，轻柔的，美丽着而不露痕迹。而夏季里女人所喜爱的色彩也是如此。那些水粉色、浅绿色、浅灰色、浅藕荷色、淡淡的咖啡色和茶色，就会不由自主地装点了女人的心情。在夏季的炎热里，那些色彩带来的清凉和舒爽不仅令女人自己感到心情舒畅，也会令男士们不得不佩服女人对色彩运用得恰到好处。

秋天的落叶总是不免让人们觉得凄凉，而当女人们在落叶中看到飘落于地上的枫叶之时，对于秋天，对于色彩，会有一种新的感动和想象。远望原野一片金黄，农民们正在收获着金秋的果实时，秋天的色彩就会走进女人的心中。不再肤浅，不再明快，而是让深沉走进女子的色彩世界，让端庄和娴雅装饰着自己。那种深绿、暗红、深红、咖啡、暖米色等色彩搭配在一起，使女人成熟。再配以与服饰协调的各种丝巾，打出不同的丝结，就是最完美的装扮了。如果需要锦上添花，还可以配以质朴的项链、精致的手袋，在和谐中体现出华美，在秋收的果实里体验成熟的心境，对于女人，会如同收获成功的事业一样快乐无比。

走过了明媚的春，感受了清爽的夏，体验了成熟的秋，对于冬季的到来，尽管多数女子不喜欢容纳冬，却也在冬季到来的时候不甘于让冬就这样地被冷落。那些飘雪的日子里，一切都是那样明朗，不存一丝杂质。甚至在雪过天晴、阳光照耀的那一时刻，冬的冰冷和冬的纯净会使色彩更加明艳。无论是热情奔放的

无尽的快乐正等着你回家：
不要认为你的忧伤从此将挥之不去，
它只不过是一朵乌云，
迟早会烟消云散。

于力／摄

珍惜是一种情感的体验，珍惜是一种心境的平衡；
珍惜是一种难解的情缘，珍惜是一种生命的延伸。

于力／摄

红色，还是亮丽夺目的黄色；无论是碧翠香艳的绿色，还是梦幻情迷的紫色，都会被女人有效地利用起来，用以装点那冰冷的冬。

于是，冬季里的女人不再是冰美人，而是极富色彩感的女王，在冬的冷漠里调动着夏的热情。

曾经有朋友说过这样一句话：衣服是女人为男人设下的一个陷阱，心眼不好的人准上当。而我说：色彩是自然为女人设下的一个圈套，品位高雅的女人一定会爱上它。

女人喜欢色彩，女人也喜欢生活；女人喜欢季节，女人也喜欢季节里的颜色；女人的性格不同，喜欢的颜色也不同；女人的文化层次不同，对色彩的喜爱程度也不同。但是，无论是什么样的女人，不论知识、性格、外貌和心灵如何，都对色彩有着强烈的喜爱。有了这份喜爱，就足以装点整个世界。

我的生活我做主

李开复博士在微软工作时，有一个总部的项目要外包给中国的合作伙伴，就在他思索如何做好这个项目时，收到了微软技术支持中心的一位经理的自荐信，信中写道："虽然我没有这方面的经验，但是我曾在多个部门工作，而且学习很快。我愿意用我自己的时间帮你把这件事情做好。我不需要酬劳，我也不是申请工作，我只是希望为中国做点事情。你选择我没有风险，因为我至少可以把每个细节都帮你想清楚，这样可以节约你的时间。"

李开复博士经过和这位毛遂自荐的人士交谈，决定将这项工作交给她去做，结果使微软在后来的三年中提供给中国的外包业务量增加了三倍。

一封自荐信，不计报酬，出于自愿，既展现了自我，也表达了愿为同胞做事的想法，这位经理的成功之处在于，她能积极主动地寻找机会，善于从不同层面展示自己。为了自己的目标，努力工作，这就好比你自己驾驭着一条船，在汪洋大海上航行，作为船长，你应该把稳舵，按照既定的目标前行，那样，就不会随波逐流，也不会迷失方向。

马登在《磁性魅力》一书里谈到钢铁巨头施瓦布时写道:"施瓦布在年轻时,曾经是宾夕法尼亚洛雷托市的一名巴士驾驶员,后来他还做过店员。他在没有任何外界帮助的情况之下,逐渐改变了自己的环境,是因为他能看准每一次改变的机会,让自己进入一个更有利于实现理想的环境,最后成功地进入了卡内基钢铁公司。在卡内基钢铁公司,他最初只是一名平板车驾驶员,每天只拿一美元的工资,然而,他却利用空余时间、利用晚上和假期继续深造,好让自己能够胜任更好一些的工作。他的心中已经确立了很明确的理想目标,他告诉自己,'总有一天,我会成为这家公司的总裁。我要让我的雇主看到,我焦急盼望能够获得更好的职位,我的付出将超过自己的薪水,我要超越老板对我的期望值。我心里清楚,如果我全力以赴去拼搏,定能获得巨大的成功,我愿意为此而奋斗!我要实现自己作为一个人的最大价值'。

"这样的年轻人当然能够得到提升,新的能力会随着他的不断进步逐渐显露出来,这种全新的力量甚至会令他自己感到吃惊。没过多久,他就成为一名工程师,接着又成为卡内基钢铁公司的总工程师。年仅二十五岁,他就当上了霍姆斯蒂德钢铁厂的主管;三十岁时,他同时负责管理卡内基钢铁公司和霍姆斯蒂德钢铁厂;在三十九岁时,他终于成为美国钢铁公司的总裁。后来,他又做过伯利恒钢铁厂的总裁,政府军用造船厂的董事长。他是全世界钢铁行业最了不起的人物,也是造船行业最伟大的人,今天,他堪称是钢铁行业真正的巨头!"

布尔沃曾经说过:"每一个恪守原则,并且决心让自己不断进步的人都会在不知不觉中就成了天才。"施瓦布正是因为不断让自己进步才成为卡内基钢铁公司的巨头。

天才冒险家哥伦布的故事可谓世人皆知。他的成功不仅与他的生活趣闻有关，更与他敢于挑战的主动冒险精神紧密相关。哥伦布的目的不只是让自己变得富有，而是要找到一条海上通道，可以通到马可·波罗提到的充满快乐、舒适而又豪华的地方。从今天我们的理解来看，哥伦布是想找到一个令他神往的具备幸福生活的各种要素的地方。

为了这个目标，哥伦布在风浪中进行了四次远航，出生入死，最后回到了西班牙。尽管哥伦布终其一生，也没能到达东方的印度群岛，没能看到成吉思汗的宫殿，但是他的经历，给予现实生活中梦想成功的人以极大的启示。

这个世界上有很多人获得了成功，殊不知，成功来源于生活中的启发，于是，生活中的趣闻，成就了一批天才。

一个下午，天才的探秘者牛顿正坐在院子里的椅子上思考问题。院子里的苹果树上，果实已经成熟。一个苹果掉在地上，深思的牛顿突然受到了启发。苹果落到地上，是地球在吸引。通过验证，牛顿成功推出了万有引力定律。

1831年，达尔文乘军舰去南美洲海岸和太平洋考察。他爬上高山，蹚过溪流，进入丛林，克服了重重困难，采集动植物标本，挖掘生物化石，发现了很多新物种。如果我们也外出考察，或许会有新发现，纯粹的旅游，也许会像达尔文一样，给生物世界创造一个新的奇迹呢！

发明创造离不开生活，乐趣源自生活，又为生活所用。富兰克林通过放风筝发现了闪电与电是同一物质，从而在一系列试验之后，发明了避雷针。

善于挖掘自己的潜力，将兴趣或者特长发挥到极致，就能做成惊天动地的大事，虽然不一定能成就伟业，至少，对生活是个交代。就像做自己的船长，把好生活的舵，不仅事业上有进展，生活亦如此。

比如：让自己穿上清爽的服饰，给自己做顿可口的饭菜，或者背上行囊到外边旅游，给心灵一次放松的机会，都是主动寻找快乐生活的方式。我的人生我做主，我的生活我做主，为什么不当一次自己的主人呢？

如果时光可以逆转

在网上看到了这样一个问题：假如时光可以逆转，你会做什么？

网友们从不同的角度进行了回答，精选其中十条记录下来：

1. 如果时光可以逆转，我会按着双色球的开奖公告，每期都中头奖；

2. 如果时光可以逆转，我希望一起留住淡然而快乐的学生时代；

3. 如果时光可以逆转，我不会再惋叹度日如年，我要和同桌的你一同诵读"面朝大海，春暖花开"，一起漫步在喧闹的高中校园里；

4. 如果时光可以逆转，我不会再独自走在三点一线间，我要和形影相伴的友人一同享受花样的岁月，草样的青春；

5. 如果时光可以逆转，我要做我曾做过的事，因为我并不曾后悔我的生活；

6. 如果时光可以逆转，我要重获新生，重新享受人生的每一个阶段，每一段旅程；

7. 如果时光可以逆转，我要弥补曾经失去的一切，珍惜现有美好的一切；

8. 如果时光可以逆转，我要珍惜身边每一个人；

9. 如果时光可以逆转，我要揍那个欺负我的男孩子；

10. 如果时光可以逆转，我要向小学校长告发那个总是打学生的班主任，还要跟初恋的男生表白，然后好好学习。

分析以上十位网友的回答，第一位网友希望中奖发财，增加财富；第二位网友非常留恋学生时代，希望时光永驻；第三位网友希望和同桌一起度过浪漫愉快的时光，享受友谊带来的快乐；第四位网友与第三位网友的想法有异曲同工之处；第五位网友觉得生活没有遗憾，做过的一切都不后悔；第六位网友希望获得新生，享受生活；第七位和第八位网友都希望珍惜现有的生活和身边的人；第九位网友的回答很特别，甚至带有报复的性质；第十位网友除了告发班主任，还表态要恋爱也要学习。

不管怎么回答，不外乎这样几个词语：留住青春时光，珍惜曾经拥有，弥补自己的过失，拥有财富，报复亏欠自己的人。

其实，不管怎样的提问和回答，这个问题已经没有了任何意义。时光如流水，一去不复返。逝去的不仅是青春、岁月，还有美妙的时光。所以，珍惜最重要。

每个人的生活中，都会发生许多值得深思的事情，就像曾经做过的某一件事，虽然铭记于心，却也常常存有很多遗憾；或者某一件爱不释手的珍宝一旦掉落下来，粉碎之后，又该是什么样的结局呢？思来想去，就在没有得出答案和结果的那一瞬间，从心底里突然生发出一种好似依依惜别的感受，这时，脑海中就会闪现出最确切的两个字，那就是：珍惜。

珍惜是一种情感的体验，珍惜是一种心境的平衡；珍惜是一种难解的情缘，珍惜是一种生命的延伸。

无论珍惜时间、珍惜生命、珍惜亲情、珍惜友情抑或珍惜爱情，这些珍惜的意义看起来很简单，殊不知，这种珍惜的过程就像我们去拍摄的照片，无论是在照相馆里，还是在大自然的景物中，我们用各种姿态拍摄了照片后，或者精心地装裱在相框中，或者摆放在影集中，留待以后的岁月中慢慢地品味。有些细心的人士还会为照片上的人物和景色题上一首小诗，或者写下一段说明，人们费尽心思地做这些事情，又浪费了那么多的时间和精力，都是为了什么？原因只有一个，他们珍惜度过的每一个有意义的时刻，他们珍惜人生的每一个瞬间，虽然，这一瞬间是那么的短暂，可是，对于他们来说又是那么值得回味。

尽管很多人常说不愿回忆过去，但是，即使你的脑海中不留恋过去，记忆的影子都始终相随你的左右。在岁月的长河中，人们流逝的不仅仅是青春的影子，还有那些隐藏其中的最为宝贵的、最值得珍惜的东西。

日月轮回，时光流逝，我们不能抵御自然的规律；生命匆匆，生老病死，我们不能和命运抗争。可是，那些洋溢在我们周围的亲情、友情和爱情难道不值得我们去珍惜吗？

友情是维系人们生存的纽带，友情会使人与人之间关系融洽；友情需要以心换心，友情容不得虚伪和欺骗。同时，友情会使你感到温暖，一声轻轻的问候，一句多保重的话语，即使在寒冷的冬天，仍会在你心中点燃一团火，把以往曾凝冻的心灵之冰融化。当你心中有痛苦，当你心中有郁闷，朋友是你最好的倾诉对象。他从来不会嘲笑你的脆弱，总是为你指出奔向光明的大路，让你的心灵减负，不再载着沉重走上征途。

亲情乃父母兄弟姐妹之爱，父亲以其沉稳和执着教会我们忍耐，母亲以其善良和贤惠教给我们勤劳，兄弟姐妹给予我们的关爱，让我们时刻体会着家的温暖。曾经哺育我们成长的伟大的父母，让我们牵挂一生。我们也像父母手里的风筝，无论飞出去多远，仍然要回到父母身边。《一样的月光》作者程国兴这样描写他的母亲："每一次从学校归家，远远地，总是看到在村头的那棵大树下，母亲用手遮阳，望着通往村子的小路，那花白的头发就那样在空中随着风飘动着。"这种挚爱亲情，是多么值得珍惜！

伟大的爱情，曾经是亘古不变的浪漫主题。爱情的力量是无比巨大的，正像童话世界里的列那，原本是一只狐狸，可是在美丽善良的公主的感召下，幻化成英俊潇洒的青年，可见，爱情的力量是多么的神奇！沉醉在爱河里的年轻人，凭着爱情的力量会超常发挥工作能力，为成功的事业打下坚实的基础。

爱情使人年轻，爱人会时时激励你进步。青年之爱，会使人奋发向上，比翼齐飞；中年之爱，会使人心境平和，如日中天；即使是垂暮之爱，也会一显夕阳之灿烂。

许多年以前我曾采摘一枚红叶，放在了《汪国真诗集》里，多年后偶然翻开书卷，看到这枚红叶时，那时的青春，那时的美好时光，顿时呈现在眼前，可是这情景，也只是记忆的再现，所有的生活、所有的日子都已渐行渐远。

所以，珍惜曾经拥有过的一切，心灵不会留有遗憾。珍惜过去，再现的是昔日美妙的回忆；珍惜现在，留住的是青春坚实的脚步；珍惜未来，创造的是人生的价值。而珍惜友情，仿佛寒冷冬天里的一缕春风，温暖着你的身心；珍惜亲情，如同朝露滴向青草，不断催发其向上的力量；珍惜爱情，犹如傍晚吹来的凉爽清风，时刻保持清醒的头脑，谱写成功的旋律。

珍惜今生拥有的一切，让心灵的小船找到停泊的港湾，这才是最重要的。

有一位网友的答案我很欣赏。他写道：一切的幻影都让它过去。面对现实，把握现在，成就未来。时光不可能逆转，所以我选择沉默，因为生活永远也不会从头再来。

走过人生最美妙的瞬间

现代社会的人,随时都能体验到信息爆炸、网络爆炸带来的各种冲击,当生活爆炸带来了新一轮冲击的时候,人们一次又一次陷入了忙乱中。

就像电视剧《生活大爆炸》一样,每一季的故事里,都有新的元素出现,各种事件的背后,无一不对生活进行了深刻的阐述。比如第一季的17个事件中,包括:Penny拿电视事件、整理房间事件、约会事件、被炒事件、不知所措事件、万圣节舞会事件、中餐馆点菜事件、鸡尾酒事件、物理发表会事件、撒谎事件、感冒事件、嫉妒天才事件、物理竞赛事件、时光机事件、妹妹来了事件、生日派对事件、学中文事件,这些看似生活中平凡的小事,被描述成一个个故事,贯穿在整个剧集故事中,推动了故事情节的发展。

高明的编剧不仅对日常生活的小事件进行了展演,对那些高难度的物理化学现象也进行了展示,从攀岩到机器人杀人,从劳动号子纳米团簇到激光障碍特工象棋,从咖啡致high到大猩猩实验,涉猎的范围很广。观众在观看电视剧的同时,学习到很多知识，尤其在欢笑中学到知识，取得了寓教于乐的效果。

介绍这部电视剧的目的并不是夸奖这些演员，也不是剧情的结构有多离奇，多么值得我们的编剧学习，笔者想要表达的是，这部电视剧的生活氛围和知识情节，深深地抓住了人心。因为生活氛围的浓厚与否，直接决定着人们生活的幸福指数，幸福指数的高低，又与人们的生活情趣和生存状态密切相关，其中千丝万缕的联系足以让人们惊叹：这个世界的美好，原来是由那些奇妙的生活构成的。

人们在所从事的本职工作中，常常要问这样的问题：是否因为自己的工作带给他人愉悦，而省却无端的烦恼？最关键的问题是，当夜幕降临时，回首流逝的一天，都有哪些收获？遗憾的事情是什么？如果人人都能这样反思自己，就不会把工作看成是一种负担，而是一种机会，一种为改善他人的生存环境而工作的机会，一种为他人创造快乐的机会。

马克·桑布恩是美国杰出的演说家，由他撰写的《邮差弗雷德——从平凡到杰出》一书，据说已经在全球发行了两亿册，在我读到这本书时，接力出版社已经再版第九次了。当我读完第一遍的时候，仍然意犹未尽，总是心存阅读第二遍的期盼。于是，毫不犹豫地决定将这本好书推荐给朋友们。希望他们从这本简洁的小册子中去发掘生活的内涵，去寻找创造快乐的机会，让生活充满欢乐，并用真诚的善良与美好去享受欢乐的生活。

当作者桑布恩第一次遇到"中等身材，蓄着一撮小胡子，相貌很普通"的邮差弗雷德时，他对弗雷德没有任何出奇之处的外貌并不感到惊讶，只是被弗雷德的真诚和热情所打动，并且确信，邮差弗雷德创造了高于其工作内涵的价值。由此，桑布恩先生认为：弗雷德和他的工作方式，对于21世纪任何希望有所成就以及脱颖而出的人们来说，都是极为实用的象征。从弗雷德身上，桑布恩归纳出了适用于任何行业中的任何人的四条原则。那就是：

1. 每个人都能有所作为。工作的平凡与伟大，取决于做这项工作的人。

2. 成功的基石是关系。牢固的人际关系是忠诚的保障，是团队协作的基础。

3. 你必须持续地为他人创造价值，而不用花一分钱。最有价值的技能是：为一切事情增加价值，在竞争中取胜。

4. 定期调整自我，振作自己。发挥个性魅力和艺术魅力，发现自我，利用经验，青出于蓝。

马丁·路德·金说："如果一个人是清洁工，那么他就应该像米开朗基罗绘画、像莎士比亚写诗那样，以同样的心情来清扫街道。他的工作如此出色，以至于天空和大地的居民都会对他注目赞美：'瞧，这儿有一位伟大的清洁工，他的活儿干得真是无与伦比！'"弗雷德仅仅是一个每天为他人服务的邮差，却用自己的行动从平凡的工作中赢得了杰出的赞誉。难怪《福布斯》杂志的创始人福布斯说："做一个一流的卡车司机，比做一个不入流的经理，更为光荣，更有满足感。"因此，创造价值是一种满足，创造价值后的回报也必然丰厚。当然，这种价值不一定是物质的，有了精神的回报也就足够了。

从《生活大爆炸》到邮差弗雷德，一个个小人物用创造性代替资本,在竞争中靠智慧取胜,在幽默一笑的背后将生活表现得淋漓尽致。

创造自身快乐的过程,是一个令人心旷神怡的时刻。恰似自然的甘泉在心间流淌一样,走过人生最美妙的瞬间,莫名的愉悦会在不知不觉间激发智慧的灵感,人生就如舞台上的一场戏剧,你永远不会知道有谁正在一旁倾听、注视着你的一言一行……

做一个为他人创造快乐的真正的弗雷德,在"生活大爆炸"后时代,快乐地生活着,让生活充满快乐,即使是走过那快乐的一瞬间,仍然会留下一段美好的人生。最重要的是:我们聊以慰藉的是灵魂的安宁和心灵的充实。

第四章

转角处　遇上幸福

转角处,可能遇上爱情,可为什么不转个弯,让幸福自然地到来呢?

停下来 给自己留个喘息的机会

当当网上有一本书,书名是《当生活遇上创意》。书的介绍中这样写道:"生活中,每个人都会经历无尽的困扰和压力,如果我们能够抓紧创意的钥匙,转变思路,或许就能将障碍之门打开。因此,在这个充满压力的时代,如果觉得生活过于平淡,如果觉得心情有些低落,或者厌倦了生活中单调的色彩时,不妨静下心来,在身边的物品上发挥自己的创意,将环保、健康、时尚等方面的诸多创意糅在一起,DIY出一些有趣的小玩意儿或小饰品来修养身心、增添乐趣。这样不仅能用各种旧物改造出让人眼前一亮的精品,变废为宝,更能打开奇异的'高尔丁死结',让你的生活和事业变得通畅无阻。"

其实这本《当生活遇上创意》是给读者提供生活创意和窍门的书。它用简单实用的技巧,引领人们寻找乐趣、发挥创意、缓解压力,并在人生的转角处拥抱属于自己的幸福。可以说,书的本身是含有科技成分的,但却让人们省去了很多烦恼。

在很多科幻书籍中,我们读到过两栖汽车,在一些科幻电影或者动画片中,我们也领略了高科技的风采。而现在,自动厨

快乐属于每一个人，快乐更属于自己。
快乐是可以创造的，没有什么可以抹杀一个人的快乐，除非自己不快乐。
舒展身心，让自己快乐起来，因为，你的快乐只能你做主。

于力/摄

在都市的喧嚣中寻找着一份持久的沉静，
在川流不息的忙碌中寻找着一份安宁，
在嗟叹落花流水的时刻，
如在梦中静望春江花月夜……

于力／摄

房、可以食用的衣裤、绿色别墅、远程教育、没有痛感的针筒、卫星观测、电脑办公等，几乎都成为现实。

古时以飞鸽、快马来传递信息，战争年代用鸡毛信传递消息，现在则以手机、网络传递信息，时代的发展、科技的进步让人们领略了快捷方便的生活，也享受了科技成果带来的喜悦。

洪晃老师在博客上发表了一篇《高科技的便利生活》，文中提到了银行转账，我相信读者们都有过网上银行转账的体会。现在去商场，不用带现金，不用背包，只要一个手机，问题就全部解决了。更令人意想不到的是，去市场买菜，刷小贩提供的二维码，就可以结算，省时又省力。

高科技时代，生活的步伐也被迫加快了。人们在回首的瞬间，一不留神就被时间甩在了后面。街上还有多少人能够悠闲地漫步？除了行色匆匆的人群，还能有什么？

怎样才能放缓生活的脚步，给提速的生活一个暂时歇息的理由呢？

前一段看到网上的一篇报道，一对在山里生活的夫妇，曾经是北京某大学的老师，他们已经到山里生活了几年。在那里，他们开荒种地，自给自足，过着最原始的生活。他们自己推磨，自己制作一些生活用品，在原始的生活状态下，养育着自己的孩子。在信息时代，他们的这种生活方式简直让人难以置信，但是，确实就这样发生和存在着。

生活的脚步太快了，他们没有办法阻止，只能逃离，在寂静的山里，安宁地生活，这对渴望宁静的人们来说，不能不说是一种安慰。

放慢生活的脚步，给生活留一点喘息的机会，没有什么不好。

关于生活，可以思考如何回答下列问题：

1. 你的生活目标是什么？
2. 生活中你最想做的事是什么？
3. 你认为什么是最理想的生活？

针对这样的问题，也许不同的人，有不同的答案。

关于生活的目的，很多人将其与成功联系起来。因为成功，确实能带来最优质的生活。优质的生活，则是精神和物质的极大满足。

生活中最想做的事，对这个问题的答案，每个人会因为所处的职业和环境不同而有所不同。作家最想写一本有影响力且能流传下来的书，作曲家最想写一首经久不衰的歌，运动员最想获得金牌，厨师最想做一道拿手菜，医生最想攻克一个医学难题⋯⋯也许有人说，这些都与理想前途有关，其实，理想与前途本身都与生活息息相关。离开了生活，人们就会没有根基，无论创作，还是工作，目标的迷失，则是最大的悲哀。

关于理想的生活，我认为，只要对自己的生活满意，就是理想的生活。一位办企业的朋友，因为喜欢读书，年轻的时候只要有时间就去书店看书，但也仅限于看书，没有那么多钱买书。现在，他的家里藏书几万册。聊起为什么这么喜欢书的时候，他说："当年创办企业就是为了有一天能随心所欲地买书。"现在，他的理想实现了，赚了钱，也可以买书，他对目前的生活状况感到很满意。他说："如果有朋友来找我，白天我不在公司，就在书店里。"

　　理想的生活就是这么简单，只要心里满足，精神愉悦，管他是否高科技，我们同样可以放慢生活的脚步。

　　就让生活停下来吧，给自己一个喘息的机会。

第四章
Chapter Four
转角处　遇上幸福

狼的激情与兔的安宁

井上靖,这位在日本近现代文学史上举足轻重的作家,他的多部获奖作品都以中国历史为题材,人物描写复杂,颇具争议。田壮壮,是著名的中国第五代导演,以风格独树一帜、从不随波逐流见称。两个不同国度的作家和导演,本没有任何交集,一部奇幻作品《狼灾记》,却将两个人的名字连在了一起。田壮壮导演借着这个奇幻的故事,把人物内心最大的寂寞、最原始的情感以及最深层的斗争表现出来。

《狼灾记》的梗概是这样的:两千多年前的中国,边境饱受外族威胁。中原士兵被派往边疆抵抗外敌,长年累月过着远离家人、朋友、朝廷的征战生活。他们像是被世界遗弃了,只有与严峻的大自然搏斗,与凶猛的野兽为邻。

张安良是负责驻守边疆的将军,他的部队中有一名新兵陆沈康。陆沈康起初并不愿意参与战事,血淋淋的兵器及尸体令他害怕及厌恶。陆沈康心地善良,向往和平,有一次他看见一只幼狼,不但不杀掉,反而把它养下来。张安良欣赏他的正直和勇气,渐渐与陆沈康成为好朋友。可惜在一场战事中,张安良受了重伤，为了保命，只有被送离战场。剩下陆沈康孤单作战。

严冬，双方作战的队伍均无法再前进，陆沈康只好领着部队暂时住进山脉里的卡雷村。夜里，一个年轻的卡雷女人从陆沈康所住房子的地板下爬了出来。女人的丈夫死了，家人走了。她跟陆沈康一样，是被世界遗弃了的人。

女人的一生本来注定要在孤独中度过，可是在这个狼灾频发的异域里，陆沈康和这个女人的情欲一发不可收拾；在无情的严寒之中，两人重新找到生命的气息。他们知道要为这种不寻常的感情付出代价，可是热情已经像猛火一般，令他们成为野兽。最后，当张安良重遇他的故友陆沈康的时候，竟然是那么意想不到的情景！

我们不必去探求电影的结局如何，只要在电影中感受主人公如狼一般的激情，狼的浪漫，还有可歌可泣的恋情，已经足矣。

由此可见，激情是一种天性，是生命力的象征，有了激情才有了灵感的火花，才能上演一幕又一幕的动人故事。

2007年，网络流行起了一个小兔子的卡通形象，小兔子的各种表情很可爱，发明兔子的女孩叫王卯卯，她给兔子起的名字叫"兔斯基"。通过兔斯基，不仅表达了内向女孩王卯卯的内心世界，也代表了这个时代孩子们的生活状态及渴望改变这种生活的种种向往。

兔斯基的语言曾经在网络上普遍流行。关于人生、关于命运、关于爱情、关于悲伤、关于空虚、关于嫉妒、关于烦恼、关于创新、关于机会、关于真理，等等，这些语言很富有哲理，只要联想，就会看到那只温情的兔子。

与狼的激情、勇猛相比，温情的兔斯基则是一种悠闲的生活状态，它的可爱与内心世界的独白，完全可以与狼抗衡，也许，在温情兔面前，激情狼会退缩，外表勇猛的激情狼会输给内心强大的温情兔。

温和的兔子和狂野的狼，本是两个不同的物种，将这两种动物放在一起的目的，并非简单地比较它们的生活习性，而是提醒我们，当生活遭遇了激情狼，温情兔该怎么办？

面对狼的激情，兔子应该是镇静的。它不会躲开，而是会迎头赶上。

虽然兔子是弱小的，但是，生活中并不因为弱小就会失去魅力。

狼需要的是激情，兔子需要的是安宁。但是，狼的情绪通过外在的体现会让人一目了然，而温情的兔子看似平静的外表下，也许心里有一种躁动和不安。

热情与冷漠，是一对矛盾统一体。诚然，生活中需要激情，温情的兔子有时因为不理解狼的热情也许会误解狼，这就需要人们体味生活，在感受生活的同时，以激情和温情去理解身边的人和事，将幸福的信号传递出去。

所以，当激情狼到来的时候，作为温情兔的你，千万不要躲藏，迎头赶上才是最好的方式。

从锁孔向外看风景

当运动让人们感觉到那是一种很奢侈的锻炼方式或是一种时尚的时候,人们热衷于斯的程度便会有增无减。而经常从事一些比较另类的活动,也会令身心得到短暂的舒缓,或者说体会到一种难以名状的快乐,并为原已枯竭的记忆书写浓重的一笔。而且在这样的记忆中,还有受到启发的因素存在。

令我感到惊讶和常常回味的有趣的骑马经历,不是在广袤的大草原上,而是在将草场与海边隔离开的山脚下。因为在那里无论如何也体会不到"天苍苍,野茫茫,风吹草低见牛羊"的景象。有一处靠海的跑马场,如果人们要去到距离海岸不远的一处非常陡峭的山坡上骑马,必须要经历滑沙的苦难。当我们经历了艰难和猎奇之后,乘坐着类似小船一样的滑沙板将我们一路下滑时的惊叫声变成了在地上重重的一蹾后,我们才站起来扑打着一身的沙子跑向山那边的赛马场。此时,心生感慨,即使去骑马这样的小事,也要经历一些艰险,否则不会轻而易举地实现。

当我们接受训马员简单的培训之后,每个人都穿上了厚厚的马靴,拿起一根马鞭子,牵过一匹马,在飞身上马之后,马并不如我们想象的那样温顺,那畜生其实在内心里也在不断地较量着。经过多轮的较量,那马终于驯顺地带着我们在一片开阔的草地上撒开蹄子飞跑起来。这,就是第一次骑马的经历。

我们总是喜欢登高望远,观赏众山风景,其实骑在马背上,望一览无余的草原风光,眼里尽收的是别样的风景,别样的画面。

看惯了城市的喧嚣,总想找一处让心灵放松的地方,我们总是抱怨工作的忙碌,可周日总有休息的时候,与其赖在家里,不如出门走走,望一望风景,换一个心境,一周的烦恼自然就会被抛到云霄之外。

每一座城市的周边,都能找到一处有山有水的地方,即使不是名山大川,只要走出去,就会发现,外面的风景很美,外面的世界也很精彩。

每次外出,当车在盘山路上行驶的时候,望着远处黛峰高耸的山峦,不禁为人间有这样的奇妙景色所感动。比如千山,比如五女山,比如凤凰山,这些地方虽不及黄山、峨眉山那样久负盛名,却也游人如织。

记忆中去过一个叫温泉寺的地方,信步在住所的四周,看到近处的围墙上,爬满了牵牛花,淡淡的紫色小花,在微风中轻轻地晃动着,墙下生长着茂密的小草,像搭在山坡上的一块碧绿的地毯,透过长满小花的围墙,那幢白色的建筑醒目地在半山腰矗立着,那种和谐的颜色、景物的搭配,令我称奇。而当我望向远方,周围是郁郁葱葱的群山,连绵起伏,云在山间绕行,雾在山峦徘徊。而在山脚下却是涓涓流淌的小溪,这小溪就那样平稳地流着,好像一位小姑娘在向母亲娓娓地诉说着心事。多么美妙的一幅山与水的风景画!我惊异于诗人们常常赞叹的山水和谐的那种意境,原来真是妙不可言。

远眺群山,片片乌云就像捉迷藏的孩子从山后绕到了山前,随即大雨倾盆,瞬间,连成线的雨滴落在宾馆那白色椭圆形的窗台上,溅起了一朵朵透明的喇叭花,透过这水晶般的伞状花瓣,放眼望去,在连绵不断的群山之上,蓊郁的山林之巅,偶有几缕白雾正向空中升腾,令我想起童话中神仙的居所,或许就是这样一处绝妙的地方吧!

当雨滴落到了小溪里的时候,仿佛带着音律的节拍,和谐的声音好似具有神韵的鼓点,又有"大珠小珠落玉盘"的感觉,这天空中的雨水与大地上的溪流汇聚一处,任其流淌,它随着时而缠绵的细雨,随着时而卷起狂风的暴雨,无忧无虑地离开母亲河的怀抱,到自然中去流浪,寻找最终的归宿。

横跨河流的铁路桥上一列火车飞驰而过,将雨雾驱赶开来,桥下,那些光着小屁股站成一排,从一块大礁石上向小河的漩涡中跳跃玩耍的孩童们,不知这时都躲到哪里去了。远处的山沟中已经冒出了缕缕炊烟,间或看到红砖房子散落其间,也许孩子们早已返回山中的家园,依偎在母亲的身边了。

晚饭归来,不觉暮色已经来临,雨渐渐地停了。山风吹过,送来丝丝凉意,蝉鸣与蛙声交汇,伴着这样的乐声,我们进入了甜蜜的梦乡。

终于踏上了归途,那连绵不断的群山、淙淙流淌着的小溪,渐渐地离我们远去。而那群山中令我神往的小山村,还有天真顽皮的孩童们，都是那么令我留恋。车子已经驶离了盘山公路，而我的思绪仍在那山路上萦绕着。

为什么出门旅游这件看似很辛苦的事情，却有越来越多的人在参与？他们明明知道爬山又危险又辛苦，可还是乐此不疲，就是因为在大山的怀抱里心灵得以放松。他们明明知道在大海里游泳又危险又消耗体力，可还是赤裸着身体扑向海的怀抱，就是因为在大海的胸怀中，心灵的轻尘被彻底清洗。

越来越多的驴友已经上路了，走出家门，去看外面的世界，就像打开一把心锁，看着美妙的风景，赏心悦目的同时，也超越了自己。其实更精彩的风景在远处，更放松的心灵就在风景里。

喧嚣浮华中的真情

浮华喧嚣的尘世中是否还有闪光的真情存在？美好的爱情是否像梦一样，醒来时却要面临残酷的现实？追求浪漫人生的圆满结局是否要以道德压迫为代价？十年前观看电影《廊桥遗梦》并没完全理解那遗落之梦的真正含义。重读罗伯特·沃勒的小说《廊桥遗梦》后，对这些问题的模糊认识更加清晰起来。

《廊桥遗梦》小说从问世之日起，就感动着全世界的亿万读者。与那些经典名著相比，这本简短的小册子以优美的语言、细腻的刻画、流畅的笔触，塑造了男女主人公的形象，使一个婚外恋的故事在浪漫情怀中被读者接受和理解。同时，也引发了是冲击传统道德还是支持传统道德的一场争论，这一点，在阅读的时候已经有所领悟。

在小说中沃勒描写了有点浪漫气质的少妇弗朗西斯卡在过着平静而乏味的生活的时候，遇到摄影师罗伯特·金凯之后发生的故事。在短短四天的浪漫奇遇中，两个有情人却因道德和责任而永远分手，并为此留下了一生的遗憾。在痛苦分手后的十六年中，弗朗西斯卡一直恪守着家庭观念，尽职尽责，而她的心中无时无刻不在思念着罗伯特·金凯,这些从她留给子女的信中有所流露。而罗伯特·金凯将所有与弗朗西斯卡有关的信物都收集起来,包括相机、项链、手镯,甚至还有当年她钉在罗曼斯桥上的那张字条,在他即将去世之前委托律师辗转交到她的手里,以至于后来的每一天,她都会打开看一遍这些东西,在思念中走过余下的人生时光。值得欣慰的是,两位主人公的骨灰都撒在了罗曼斯桥,相依了十六年的灵魂终于又续写了一种别样的感人篇章。

分析弗朗西斯卡与罗伯特·金凯相遇并相爱的缘由,与她所处的环境不无关联。婚姻的平淡使人们渴望生活的激情,生活的琐碎使人们的理想破碎。此时,充满自由气息的男主人公一出现,就很容易吸引她。但是,这样的爱情或许是真实的,但更多的则是潜藏于真实背后的一种梦想。周围环境的影响,人言的危耸,心理的矛盾以及对家庭的责任,都会使人们放弃自己的梦想,最终选择家庭,并为之付出一生。所以,梦想也只能是梦想,在浪漫的梦境中,人们的梦想常常会破碎。正如小说中的主人公一样,只能在对过去的追忆中回味曾经有过的时光,也许,那是另一种幸福的人生。

《廊桥遗梦》的作者罗伯特·沃勒是美国当代享有盛名的作家、摄影师和音乐家。他的小说以充满诗意而刻骨铭心的唯美爱情为主题,并"在扣人心扉的情感倾诉中包含着对人类纯真质朴的生活方式的向往和回归"。他用朴实的语言描述着爱情故事的悲壮。当这样的故事撼动我们心灵的时刻,当我们为小说所设计的一个本该浪漫完整却又分离的结局而失望的时候,也许会从译者梅嘉的序言中受到启发,并去思考这样的问题:

一是我们需要重新审视爱情与家庭的关系以及与其有关的社会价值观和道德伦理观；二是挣脱市场化了的世俗枷锁，追求返璞归真，而罗伯特·金凯就是典型的化身；三是现代科技和高度组织化的社会使人在精神上和肉体上都在退化。因为效率和效益等使人们失去了自由驰骋的天地，也许，这些才是译者所认为的在"那个爱情故事背后贯穿全书的思想"。

也许，小说中所描述的爱情故事的主题并不新鲜，从古至今，很多类似的故事中都有叙述，但是，这部小说的与众不同之处就在于男主人公罗伯特·金凯的独特，如梅嘉所言："那是一种摆脱世俗观念，还原到人的最初的本性，纯而又纯，甚至带有原始野性的激情。天上人间只此一遭，如宇宙中两颗粒子相撞，如果失之交臂，就亿万斯年永不再遇。"因此，作者才以独特的手法表达了人们对现代社会的逆反心理以及追求自然、回归本真的浪漫情怀，这其中也包括对待爱情的态度。

对于现实生活中的人们来说，都期待着《廊桥遗梦》会有一个圆满的结局，也许在唏嘘感叹中读过这本小说的人很多，现实之人会满意这样的结局，严守道德规范的人们也会满意这样的结局；而浪漫之人则希望有情人终成眷属。如果是这样的结局，就不会产生这么大的轰动效应了，这正是作者的高明之处。

古老的廊桥，孤独的远游客。两颗贴近的心灵撞出的火花，使寻觅已久的灵魂找到了永恒的归宿。而这不了的情缘却因世事的羁绊和人生的责任而无奈分离。弗朗西斯卡的思念，罗伯特·金凯的漂泊，尽管经历了十六年的时间阻隔，相隔天涯的主人公却在心中同唱一首哀伤而凄婉的歌，却也纯美而悲壮。

人的生命是有限的，而回忆的空间是无限的；尽管随着时光的流逝，很多记忆中的东西也在不断地流逝，而真正的爱情却不会随着时光的流逝而磨灭。那种思念和追忆，也许并不会因为时光的无情流逝而淡忘，在记忆的深处灵魂永驻。罗伯特·金凯式的淳朴，弗朗西斯卡的浪漫，还有那廊桥上遗落的梦幻，无一不引起我们的共鸣，并在这份温馨中度过美好的追忆时光。

尘世喧嚣，物欲横流，而在这浮华中却有真情存在。真挚的爱情仍然是人们追求的美好梦幻，尽管由于家庭和道德的因素有时难以如愿。但是，我们并不会感到失望、沮丧和厌烦，美丽、光明和希望，有时不是刻意找寻得到的，在质朴的情感中让生活回归，在本真的状态下让生活升华，这才是我们应该追求的吧?

生活　无处不在

情怀，在何超群的诗歌《风中的城市》里可以读到；情怀，在白长鸿的诗集《今日西湖无诗》里能够领略得到。诗人的情怀就是用寥寥数语，再现一片阳光、一场细雨、一段生活，所有的场景都让人们时刻体会着无处不在的生活。

生活究竟在何处？这是很多人问过无数次的问题。

一个夏夜，和慕容姐姐分手后，沿着清静的长街，时而跑步前行，时而驻足观景，尽管夜色已深，而长街的灯光照着前行的路，一个人的夜晚其实并不孤独。每当这样走着的时候，或许就是最佳的思考时光，在文章里也不止一次地写过这样的感受。而思考最多的，是写作以来的感受。从读者到作者再到编辑，其间结识了很多真诚的文友，尽管和多数文友没见过面，但在沟通与交流的过程中，看到了不同人对生活的不同态度，这种对生活的态度不时地流露在文字中，让我们去感受和体悟。于我，收获很大，所得尤多。在仰望满天繁星的瞬间，透过虚拟的网络，走在现实的世界里，出于文友赋予的启发和这个夜晚的所见，对生活的感悟似乎更深刻。

在发廊灯光的映衬中，一家小书屋的灯光依然亮着，透过玻璃窗，看到文质彬彬的店主，正在整理书柜上的书籍。朋友告诉我，当今很多年轻人渴望着挣大钱，他却将自己漂泊在外几年的积蓄都拿出来投入到书店，凭着对书的狂爱打造出了这个精致的书屋。在这家小书屋里，他结识了一位女研究生，她也同样爱书，于是，他们走到了一起，成家，生子，一家人守着这个书屋继续生活着。对于他们全家人来说，经营好这个书屋，在维持生存的同时，也是一种生活的态度。

和书屋相邻的理发店里居然也做美容的生意，那些如刑具般的烫发工具，在窗前排成一排，黄头发的男孩不时地舞动着风筒，在客人的头顶上施展着自己的手艺。不禁想起三年前曾经去烫发，折腾了4个小时才算完成了艰巨任务，而留下印象最深的是那个系着蓝格子围裙为我洗发的孩子。他的家里有三个弟妹，那一年他才16岁。

孩子说："为了减轻家里的负担，我不得不从学校退学，来到发廊打工。"

我问："那你父母忍心让你出来吗？"

孩子答："我跟他们说，我不喜欢学习。"

我说："你这样说父母就同意你出来了，是吗？"

孩子答："是的，我这样一说，他们的负疚感就轻了一些，很爽快地答应了我，让我出来打工。其实，我小的时候，还是很幸福的，那时家里只有我一个。"孩子幸福地回忆道。

我无语。孩子不是因为不喜欢学习才到发廊来工作的，事实上，孩子为了减轻父母的负担而过早地辍学了。对于生活，孩子

高山流水能让我们寻觅到文心相通的知音,走进了彼此的心灵世界,演绎了高山流水的绝唱。

于力/摄

如果人们不能领略我们这个尘世生活的乐趣,
那就是因为他们没有深爱人生。
——林语堂

于力/摄

能回答什么呢？

从发廊出来，走上了黄河大街，这条街的夜色很美。从上大学到工作，这么多年来一直没离开过这条街。也许是因为熟悉的缘故吧，每次走在街上，都很温暖。如此刻一样。尽管是早春的时节，青草只在朝阳的一面才返青，夜风吹过仍然感到一丝凉意。难得这样的夜晚，一个人走在这熟悉的街头，回顾自己文章里写过的那些地方：母校的校园，街道两边盛开的桃花，家乡的灯火，立交桥的变迁，香辣蟹的故事，都是这条街上给我留下的记忆。尽管当年的大学校园已经被一片花园住宅所取代，那些每到早春就盛开着桃花的树木早已被砍掉，香辣蟹也变成了水煮鱼，可记忆中的美好时光不会被任何物事所取代，对生活的审视和感悟更不会随着世事的变迁而改变。

这条街上最火的酒店曾是高德海鲜城，门前的车辆很拥挤，在后院的居民楼前也停着许多轿车，这里是我最熟悉也是记忆最深刻的地方。熟悉是因为只要去附近的一些公共场所，这里是必经之路。记忆深刻是因为独自驾车来这里，为了躲避门前人行路上的行人而让车受了委屈，撞在了铁栅栏上。更深的记忆是二哥来的时候，我们在这里欢迎他，那个夜晚的开怀畅饮和欢声笑语一直萦绕在记忆的深处。沉浸在欢乐中的我们，离开高德便扬长而去，却从来没注意过门前不远处，停着一个很小的货车，在摆着一圈香烟的货车里，蜷缩着一个10多岁的孩子，也许是冷的缘故，孩子抱着双臂，张望着街角过往的人们，一种期盼流露在稚嫩的脸上。而我每次经过这里，看到更多的，是那孩子眼巴巴地望着海鲜城对饮细酌的食客。我不知道这个孩子究竟从哪里来，为什么选择这样一处地方经营，我想知道的是透过孩子的双眼看世界，他首先看到的是什么？

生活从何处来，又往何处去？

如果非要给这些问题一个答案，我说：生活其实无处不在，生活就在我们身边，看我们如何去感受。因为，生活得快乐与否，完全取决于个人对人、事、物的看法；还因为，生活是由思想构成的。在诺迪曼的书中，侧重地强调了300年前密尔顿的观点："思想的运用和思想的本身，就能把地狱造成天堂，把天堂造成地狱。"画家丰子恺的精妙比喻我认为很恰当："圆满的人格像一个鼎，真善美好比鼎的三足。对每一个人而言，美是皮肉，善是经脉，真是骨肉，这三者支撑起一个大写的人。"

一个人，无论美丽丑陋，无论高尚卑微，都逃避不掉生活，都要对生活有所感悟，都要享受生活的恩赐。也许，生活不都是经典的音乐和戏剧，有时，或许欣赏的场景并不是我们所期待的那样圆满。生活也许就是粗粮馆的楂子粥、水豆腐，农民热炕头的小葱蘸大酱，虽然廉价，却也被众多的人所接受。于是，我觉得：生活的概念很广泛，生活的内涵很深刻；生活的现象很肤浅，生活的内容却很耐读。

生活，或者说是一种习惯，一种头脑里刻痕很深的记忆，一种对人生信仰和习俗的态度。除此之外，还会是什么呢？

掌上流云的意境

喜欢在夜色里戴上耳机倾听德德玛的演唱，那一刻，心胸便会豁然开朗，脑海里回放着一幅幅天高、云淡、地广、物阔、草美、牛羊壮的画面。于是，再读原野的散文，找到了那种似曾相识的意境。"站在草原上，你勉力前眺，或回头向后眺望，都是一样的风景：辽远而苍茫。""草原与我一样，也是善忘者，只在静默中观望未来。"草原是什么呢？我问自己。在旷远中让人们思索，这样想着的时候，人们的心胸没有办法不开朗、不豁达。

赏读那本期盼已久、附有朦胧速写图的书——鲍尔吉·原野老师的《掌上流云》，体会着温暖的善良，感受着旷野吹来的清爽之风，赏阅之时，耳边犹如原野在轻声诵读，还有那首高昂深沉的《草原之夜》，那舒缓却是来自空旷的大草原上的豁达的声音，于是，不忍浪费这颇受启发的思绪，在原野的《石头流出泉水，心也能》的肯定语气里，思索着：石头能否流出泉水，掌上可否也能流云？拜读王拾柳先生的《玉散文》时，尚未读到新版的《掌上流云》，疑是《掌心化雪》的续集，却不尽然。

《掌上流云》尽管按照内容和结构归结为五个类辑，却涵盖着哲学思想、文学艺术、学术文化等诸多方面的内容，但是，总体的风格仍然是散文，这就存在着一定的难度。

从《静默草原》到《每天变傻一点点》，从《等到花儿开，等你跑过来》到《愚蠢学研究》，从《看人的看法》到《抒发心灵之声》，那《慢的与善的》《积攒快乐》《诚实大美》等无不启发着人们的心智，带着我们徜徉在文字的真善美里，踯躅在人性的恶与善之间，从而《让高贵与高贵相遇》，那该是何种境界？幸运的是，如此美妙的心境在《掌上流云》里一览无余。

原野的散文纵读是一幅写意的山水画，横看是一份蕴涵哲理的精神食粮。在画的意境里漫步，观尽人间美与善；在精神的长廊里盘桓，无处不在的是超越山峰的大气与智慧。方家评论道："豪放、幽默、睿智、雅洁、细腻，皆是鲍尔吉·原野作品的特色。他毫无困难地把这些因素融合，以其独树一帜的风格从容宁静、自领风骚。但最鲜明的，是他笔下倾心描写人间的美善，使人回味不已。"此言极是。

如果春天的原野上满眼都是绿意，人们不会感到奇怪；如果夏天的原野上盛开五颜六色的花，也是契合自然规律的意象；而秋天的原野上零星地散落着的小花，却像妙笔丹青上的点缀，那种意境美无不彰显着艺术家竭尽全力所要捕捉的瞬间美。原野的散文正是具备了这种意境的美。无论是描写英勇无畏的骑兵父亲，还是草原上的女子云良；无论是马头琴曲《嘎达梅林》，还是《腾格尔歌曲写意》；无论是对天真的阐释，还是留恋生活的情愫，都能恣意地在笔端倾泻，正如他那豪放的性情，始终保持着独特的创作特色。

梁晓声说：原野笔下的文字比较"忧美"。确实如此。原野的文字总是在忧伤的叙说里折射出一个道理。在我看来，那些文字就像一首忧伤而绵远的蒙古族歌曲，在蒙古包的篝火前，一位弹着马头琴的乐手在尽情倾诉；在牧区的草场上，一位挥着马鞭的牧人眺望远处的白云从后喉咙里发出低沉的"曼聂莫古勒"一样。

原野的文字，诚，处处弹拨读者的心弦；原野的文字，真，句句抒发灵魂的丝语；原野的文字，纯，摈弃了当今社会里那些功利的杂音；原野的文字，善，洋溢着美好人性生命内灿烂的乐符。他用文字把"心地打扫之后，撒上诚实与善良的种子，舀一瓢清水浇灌"。因为"春天到了，心地里会长出青苔"。

合上《掌上流云》，似又回到北方图书城，原野亲笔签名的那本书，离我很近。高天的流云，蒙古的草原，文中感人的物事，让我难忘而铭记于心。忽而又想起原野的话："如果善良与邪恶分别是两棵树的话，好看的是邪恶之树……然而善良也有果实，那就是人性的纯粹和人性的辉煌。""石头里流出泉水，心也能。泉水流下来，薄薄地贴着心房，用手擦不尽，跟着脚步走遍大街小巷。"这些温暖而又充满灵性的文字，读着亲切，如同与原野先生对面交谈般，周身洋溢着暖意。

于是，此时终于顿悟：掌上流云，是一种境界，是一种旷远而豁达的爱。流于掌上，温暖而和善。而那流云，从草原的旷野弥漫至整个天际，没有尽头，没有结束。正如一道车辙从朝吐鲁走到赤峰，又从赤峰走到沈阳，从泉水的清冽里体会着开朗的心境，从师范学校的教室走向中国文坛，这背后需要无数个日夜的付出，与文字亲近，与自然对话，让心胸开阔，奔放如眼前一望无际的大草原……

等待拐角处的幸福

我的丁理舅舅,曾经是空军某部的文工团团员,拉一手好二胡,写一手好书法,人长得也是超级帅,可是,当他带着他的新娘出现在我的面前时,我惊讶得几乎说不出话来。

原来,新娘的手上戴着一只手套,而且手套里手指部位是空的。丁理舅舅看出了我的异样,拉过我的手,说:"上次你不是让舅舅帮你写历史的大事年表吗?舅舅今天回去就给你写,好吗?"

我不知道那天自己都胡言乱语了哪些话,可是,只有一句是我最想问丁理舅舅的,那就是"舅舅你幸福吗",可是我没问。

后来,我长大了,离开了那座城市。很少再见到丁理舅舅了,虽然这个问题也随着时光一天天老去,但却始终没有忘记。

前几天,父亲告诉我,舅舅退休了,和一些老朋友在一起自娱自乐,我又想起了那个问题:"爸,丁理舅舅过得幸福吗?"

"怎么问这个问题呢!没有人比你丁理舅舅更幸福了。一个大雪天,你舅舅开车外出,因为路上积雪很滑,车肇事了,是你舅妈将你舅舅背到医院抢救的,没有你舅妈,哪有每天拉着二胡喝着茶的丁理?"

我的心完全释然。

丁理舅舅从部队转业,与一只手的舅妈结婚,就是为了找寻属于自己的幸福啊!

参加一个笔会,与一位著名的散文作家同住一室,老人家已经七十高龄,满头银丝,却精神矍铄。虽然夜静更深,我们闲谈许久,仍然难以入睡。因老师有些失眠,她说:"给我读一段吧。或许我很快就会睡着了。"读着老师送给我的书,那里记载着她二十几岁青春年华里的故事,我尽量用平和的声音去朗读,避免那些有关情感的大起大落的句子让老师难过。

读过了一篇文章后,老师无语。我以为她已入睡。

"老师,这篇读完了。"

"我没睡着。"

"还读一段吗?"

"再读一篇。"

在连续读了三篇之后,老师仍未入眠。这时,我也越来越精神了,不思入睡。被书中那真实感人而又含蓄曲折的爱情故事所打动。于是,我们索性坐了起来,谈文学,谈感受,谈老师的书,并提出了隐藏于心中很久的一个疑问:"您的爱人被打成了右派,在平反后回来的时候,时光已经无情地流逝了20多年,其间您的工作有了变化,他是怎么找到您的呢?"

"这要感谢我的一个朋友。"

"她告诉我:'他平反了。并且已经回来了。'听到这个消息,我当时的心跳都加快了,按捺不住激动问:'他在哪儿?''在出版社。'"

"老师,那他知道您在哪儿吗?"

"他不知道。"

"那是他先找到您的还是您先找到他的?"我感觉自己在窥探别人的隐私。

而老师却坦率地说:"当然是我先找他的。我给他寄去了自己创作的一段相声,让他帮助修改,并向他问好!那时,别人正在给他介绍女朋友,可是接到我的信后,他立即终止了和对方的见面,不顾一切地去找我。因为那时电话通信不先进,只有工作单位的地址。于是,他去工作单位找我。正值暑假,我在家里休息。他去了几次学校,也没找到我。那时,我住在城北,离学校很远,而且单位的同事都不知道我家的具体地址,只知道大概的位置。

"可是,一个细雨绵绵的日子里,当我正在为写过的那封信没有回音而心情焦虑的时候,我抬头望着窗外的雨,猜测着:难道他这么快就成家了?也许他不爱我了?究竟是什么原因呢?正在胡思乱想的时候,听见了门响,我抬头向外望去,小院的门开了,有一个人从外面进来,正在收雨伞,雨伞向下滴着水,我的眼前一亮:是他!他怎么就来了呢!

"当他走进屋子,说的第一句话是:'我可找到你了。'当时,我的眼泪已经控制不住地向下流着,而他却笑容满面地看着我,我禁不住放声大哭。这时,他突然跪了下来,说道:'我发过誓,如果我能找到你,我一定会跪在你面前。我还要带着你去逛街,去逛商店,哪怕你走不动,我扛着你去,我都情愿。'"

而那个时候，正是老师结束了不幸的婚姻，自己带着女儿在外过日子的最艰难的时期。她找回了自己的初恋和爱情，怎么能不兴奋和激动？后来的他们相携、相依、相爱、相牵走过了一生的时光，直到老师的爱人得了癌症去世。她将爱人的骨灰放在床头有一年之久，才在女儿的劝说下，将骨灰放进了公墓。

我能想象到他们两个人的生活该是多么幸福和甜蜜。尽管他们已经人过中年，但他们珍惜这重逢后的美妙时光，为自己的幸福画上了完美的句号。

夜已经很深了，我被老师那爱的故事感动着，不时地擦着溢出的泪水。由于过度的兴奋和感动的忧伤，由于结局的圆满和安慰的心境，我一夜无眠。

生活是应该停下来的，遥望幸福，不如感受幸福。

幸福不仅是两个人的相依相偎，也有对自然对人文的感受。

在《行走的风景》里，鲍尔吉·原野描绘着草原、草原的风景，介绍着蒙古人、蒙古人的谦逊、蒙古人厚重的心思，还有克什克腾草原上辽阔的嘎查，无一不体现着他对草原、对家乡的热爱，他使风景升腾为一种思考，又带领我们从表象的思考进入了意象的反思。

世间的风景为人们带来了赏心悦目的感受，而在这美丽的风景和人文的景观背后，引发出的是思考。在文化之旅上走得远些，但在心灵之旅上贴近读者，既体验行走的快乐，又体会心灵的充实。

生活的快乐与否，完全取决于个人的心灵感受。

在今天这个阳光明媚的日子里，我在电脑前坐了4个小时，写着关于幸福关于快乐的文字，我能够全身心地投入，而没有任何人来打扰我，这就是写作的幸福。

幸福的答案有很多，但是不同的人对幸福的理解也不同。孩子们理解的幸福就是能跟爸爸妈妈生活在一起，每天有喜欢吃的食物；年轻人的幸福就是建立在激情、爱情的基础上，他们热衷于约会，喜欢参加各种活动，这是他们所谓的幸福；成年人的幸福是婚姻带来的快乐、事业成功的喜悦。其实，幸福很复杂。

幸福的定义应该是如何感受快乐，当我们以积极的心态和善良诚实去对待任何人、任何事，生活的节奏是永远也不会停止的，我们应该在适当的时候，停下生活的脚步，享受我们所拥有的一切，因为幸福就在不远处等着你。

第五章

在心灵牧场上放逐

很多人都到过草原，一望无际，牛羊在绿色的草原上游荡，那片草场，就是它们栖息的地方。现实生活中，人们在城市里忙碌，去草场放逐自己似乎成了很奢侈的梦想。于是，许多网民在QQ里开始了"偷菜"和"放牧"的生涯。他们白天工作，夜晚在星星的陪伴下，饲养着买来的小动物，供给它们草料，让它们成长，为自己累积着分数。虽然只是个游戏，可是他们却乐此不疲，甘愿冒着缺少睡眠时间影响身体健康的风险，仍然一如既往地守在电脑前。其实，他们只是心灵太寂寞了，他们需要这样的放松，唯有如此，他们才能获得一丝幸福，并让这幸福在心灵的牧场上驰骋。

自恋的人心态更年轻

艺术女孩小萱在音乐学院就读,放假回家,妈妈问她:"班里有男孩子追求你吗?"

小萱回答:"班里只有三个男生,两名外貌很一般,只有一个长得帅气点,却很'娘'。"萱妈不解:"男孩子怎么还'娘'?"

"这个都不懂,就是自恋呗!"小萱笑妈妈连"娘"这个词都不知道,为了更形象一些,小萱随后给萱妈学了几招男孩子比较"娘"的动作,萱妈乐得眼泪差点掉下来,急忙制止小萱:"妈妈明白了,不用学了。其实你说的这种比较'娘'的男孩子,妈妈上学时也遇见过,他们只是有些自恋而已。"

"妈,你说自恋的人是不是特把自己当回事儿?"小萱问。

"是啊,其实自恋也是一种人格障碍,有自恋倾向的人总是沉迷于自己营造的幻想中,在这样的幻想世界里,他们想象自己的外貌很美,工作很有成就,拥有理想中的爱情。他们希望自己与众不同,能得到外界的重视和赞美。他们心境抑郁,自信心不足,经常为自己如何行事和别人怎样看待自己而苦恼。对他人的评论也十分敏感,甚至对别人的批评反应很强烈,时而恼怒,时而羞愧。在日常生活中，他们对别人的感情虽然了解，却往往采取漠不关心的态度。"萱妈说。

"原来自恋的人有这么多特别的地方呀！"小萱惊讶。

"妈妈曾经有一位同学，每当同学聚会的时候，她就会说'我王×如何如何'，同学们很反感。其实王×人品不错，打扮也很时尚，看起来比我们同龄人都年轻，只是她的那些做派同学们不太喜欢而已。"

萱妈讲的这类人，在现实生活中很多。有很多人喜欢表演，只是外形和演技都不够出色，却能够走上舞台，大秀自己的演技，结果令现场评委和观众忍俊不禁。这就是典型的自恋表现。这种自恋，往往和自信相联结，即自信是淡淡的自恋，自恋是深深的自信；自信是一种心态，自恋是一种行为；自信的人希望走向成功，自恋的人希望与众不同。自信与自恋相交集的时候，就会碰撞出灵魂的火花。

萱妈为了满足小萱对自恋行为的好奇，特意从"新浪健康"里选择了10道题，她认为这10道题可以测出小萱是否是个自恋的人。虽然她知道小萱不是，但还是希望将"你是个很自恋的人吗？"这个测试拷贝下来让小萱逐项回答。小萱也乐此不疲地参与了测试。

第一道题：见到三款又平又亮的镜子，你会买以下哪一款？A.圆形没图案的 B.四方形净色的 C.有花边的，选择了C；

第二道题：公司每年夏天都会举办不同的活动，你会选择以下哪一项？ A.滑水比赛 B.潜水比赛 C.滑浪风帆比赛，选择了A；

第三道题：你照镜子时喜欢从哪个角度望自己？ A.正面半

身 B. 正面全身 C. 侧面全身，选择了 B；

第四道题：逛街时，你朋友说去买彩票，等他之际，你会做什么？A. 拿本小说出来看 B. 从路边的玻璃中望一下自己 C. 四周张望路人的一举一动，选择了 A；

第五道题：如果要你身上有一部分必须是红色，你会选择以下哪一项？A. 鞋 B. 背心 C. 皮带，选择了 A；

第六道题：你说话时会惯性地触摸自己身体的哪一部位？A. 头发 B. 脸 C. 手指，选择了 A；

第七道题：如果去日本旅行，你会选择以下哪一项活动？A. 爬山 B. 购物 C. 泡温泉，选择了 B；

第八道题：你有没有偏食的习惯？ A. 没有，出名的食物"焚化炉" B. 少许偏食 C. 严重挑食，选择了 B；

第九道题：你喜爱养以下哪一种？ A. 猫 B. 狗 C. 兔，选择了 C；

第十道题：进了地铁，才知道手机忘在家里了，你会：A. 下一站下车回家里拿 B. 问同事借来用 C. 没带就算了，选择了 C。

根据小萱的选择，萱妈给小萱算出的分数是 28 分，自恋度达到 50%，属于既爱人又爱己的最正常的一种类型。虽然这个分数段的人有时也会有点小自恋，但却能做到收放自如，被别人接受，也容易接受别人。小萱是个喜欢时尚、凡事追求完美的女孩，萱妈跟小萱一样，喜欢穿亲子装，喜欢穿着跟女儿同样款式的衣服外出，邻居每当见到小萱和萱妈一起进出时，不时会夸赞说萱妈和小萱像一对姐妹花。

从萱妈对小萱的测试中，不难了解自恋的人其实都追求完美。追求完美，才更加自信，而无论多大年龄的人，只要拥有自信的心态，就会变得更加年轻。

一对男女文友，男比女大10岁，却总是在公众场合喊女子姐姐，让女子很无奈。当着很多朋友的面，她不止一次跟他提起，一定要明确年岁问题，可是他几近哀求的眼神，让她心软，她决定以后再也不问他有关年龄的问题，做个大姐也没有什么不好。

她把他的这种行为归为自恋，也许他是希望自己年轻，拥有年轻的心态，既然他喜欢这样，她为什么不能成全他呢？年龄的大小对她来说无所谓，可是对他那样追求完美的人来说一定非常重要，否则，在无数次的质疑中，他不会仍然坚持着喊她为姐姐。当她后来写一篇有关生活的感悟文章的时候，她才意识到，在公众的场合，曾经给过他很多难堪，也许是她的错误。对于他，她应该更加宽容，他希望自己年轻不是错，岁月催人老，没有谁能够保住青春的容颜，只有年轻的心态才能磨灭岁月刻下的痕迹，让自己的心灵愉悦。

詹姆斯·艾伦说："珍爱你的理想，珍爱你的思想，珍爱一切打动你心灵的音乐，珍爱让你心灵美好的一切，珍爱你最纯洁质朴的想法，忠于这一切，你周围的一切将如天堂般美好，你将拥有属于自己的世界。"艾伦的珍爱自己的一切以及拥有属于自己的世界，其实都有点小自恋，但谁又能说不是一种自信的表现呢？

自恋，如同不时地自我欣赏着自己写过的文字，犹如站在镜子前面翻来覆去地试穿那件自己喜欢的裙子，又好像爱美的女孩修剪好指甲又在上面画上了精妙的图案。自恋，才能自重；自恋，才不会自卑；自恋，才有战胜一切的勇气。自恋吧，自恋的人永远年轻。

爱美之心　人皆有之

常常可以见到这样几个问题：

为什么不漂亮就没有自信？

怎样让自己变得漂亮、自信？

如果长得不漂亮，没有自信怎么办？

外表不漂亮的人，怎样才能获得自信？

看似简单的问题，却将一个人的内心活动完整地表露出来。爱美之心，人皆有之。这个世界上没有谁愿意成为丑八怪，男人希望自己潇洒帅气；女人希望自己美丽雍容，无数人都做过白马王子与白雪公主的梦，可是，事与愿违，嫁出去的女子不是都如白雪般纯洁美丽，娶了妻的男子不都像骑着白马的王子般年轻英俊。虽然绝世爱恋的故事也不少见，可是，出双入对的靓男美女并不能都遂了自己的心愿。于是，人们想尽各种办法，让自己变得美丽，美容行业的兴起，为拥有爱美之心的人们打上了催化剂。爱美之心，人皆有之，美丽，让人们变得纯洁，污浊的东西少了，清纯的事物才多了起来。

一位长相丑陋身材肥胖的女孩，自费学习了美容技术，却在

敞开心扉，放飞思绪，你只属于自己，属于快乐。
而这个世界的所有悲伤将与你无缘。

于力／摄

快乐是春天里的一只鸟,在高飞的翅膀里颤抖,捕捉着绿色的柳枝;
快乐是雨季里的麦子,在饥渴的田地里吮吸着一缕潮湿;
快乐是池塘里的一尾鱼,在游动着的缝隙间,寻找自由的心声;
快乐是一件蓝色的衣裳,在袖口和领口缀满一千颗星星;
快乐是手里紧握着的杯,在盛满白开水的瞬间,溢出一支古老的歌。

于力/摄

应聘的时候遇到了阻力。因为丑陋，她走了很多家美容院都被拒之门外。走到最后一家美容院的门前，女孩请求老板让她在这里工作，唯一的条件是不要报酬。

女孩在为顾客做美容的时候，总是戴着口罩，为顾客服务细致又精心，很多客人认可她的服务，下次再来的时候事先都预约她。她在给顾客服务的过程中，十分注重自己的妆容，早晚锻炼身体，强化形体训练，当老板已经不好意思不给她开工资的时候，她的形象和气质已经有了很大的提升。这个丑陋胖丫在美容院里工作一年后，变得苗条美丽了，自信心也在逐步增强。原来，这个女孩长得并不丑，只是因为肥胖掩盖了她的美丽。一旦与美丽接触，内在的自信会让她更加美丽。

有人会问：诸葛亮的媳妇虽然外貌难看，却聪明贤惠，难道只有貌美才自信吗？

其实无论美丑都不影响一个人的魅力，相对于相貌，魅力确实给人自信。丑小鸭总是希望自己某一天变成白天鹅，却没听说白天鹅梦想着变成丑小鸭。美丽与自信并不矛盾，丑陋也会因为自信变得美丽。

有一位少年因为脸上长着一颗黑痣而烦恼，又由于性格很害羞，尤其在人多的时候发言，更感觉无地自容。读小学的时候，老师推荐他参加大队委员的竞选，他非常紧张。学校为了记录这次竞选过程，在竞选会场前放上了摄像机，这位少年第一次对着摄像机说话，他满脸通红，语无伦次，说话的声音很小，自己感觉从喉咙里发出的声音像蚊子一样。刚讲了几句话，他的腿就开始不停地抖，台下的同学看着他晃动的裤管捂着嘴偷笑，他的窘态让他自己都感到难过。

回到家里，他郁闷了很久。后来，他的母亲带着他去医院，将脸上的那颗痣清除了，伤口痊愈后，只留下一个不明显的小疤痕。他很开心，每天自己对着镜子练演讲，随着表达能力的提高，他的自信也在增加。当他读初中的时候，又参加了学校学生会的竞选演讲，这一次，不仅要对着摄像机，还要对着全校的几千名师生。他的声音洪亮，语言流畅，表达到位，再没出现过发抖的情况，最后，他光荣地当选。因为自信，让他相信自己能做得更好。

自信和美丽其实就是一对孪生姐妹，有了自信，可以做成原本认为不可能做成的事。一个人无论做什么事，只要充满自信，就会从中享受快乐，因为自信可以为人们带来希望、激发灵感、启迪心智，自信给人们带来勇气和力量，所以，自信本身就是一种美丽。

如何让自己更自信？有这样五种方法不妨试一下。

1. 练习健步走，提高做事效率。从心理学的角度出发，如果一个人走路快，必定不是做事拖沓之人，因为身体动作是心理活动的结果，一个人的速度，取决于一个人的心态，那些在工作中拖沓的人，完全是没有自信心的表现。

2. 谈话时正视对方，增强亲近感。眼睛是心灵的窗子，如果一个人在谈话的时候眼睛不是看着对方，而是看着自己的脚尖，或者顾左右而言他，既是不尊重别人的表现，也是没有自信的显现，敢于正视，才不自卑，不自卑，才是做成一件事的基础。

3. 事先做好充分准备，做第一个发言的人。拿破仑·希尔曾经说过，有很多思路敏锐、天资高的人，却无法发挥他们的长处参与讨论。并不是他们不想参与，只是因为他们缺少信心。无论是课堂上还是会议中，都应该第一个发言，勇于亮出自己的观点和建议。如果最后发言，可能没有更鲜明的观点，也因为最后讲话不被会议主持者所看重，也会随之失去应有的一些机会。

4. 提高说话的音调，排遣自卑和懦弱。人们说话的音量不同，引起关注的程度也不同。课堂上，如果老师讲课的声音很小，空旷的教室里坐在后边的同学就听不见老师讲话，课堂秩序势必混乱，听不见的学生就会精神溜号，老师和同学互动的效果就不好。相反，老师声音洪亮，讲课声情并茂，完全抓住了学生的内心，学生们就会爱学乐学，教师的教学也会获得成功。

5. 对着镜子练微笑，化解不良情绪。每天对着镜子3分钟，练习微笑，既能排遣自己内心的郁闷情绪，也能化解对别人的不满情绪。一个人的喜怒哀乐并不能完全存在心里，如果体现在面部表情上，会很复杂。对着镜子笑，越笑越真诚，就会看到镜子中的自己是那么美丽、阳光，反射到内心，就会感受到生活的美好，从而增加自信。

6. 开会时坐前排，摒弃自卑心理。开会的时候，很多人都会早早来到会场，他们来到会场的目的是什么？占座。一个很奇怪的现象是，不是占到前边的位置，而是占到最后一排。一般情况下，会议尚未开始，会议的组织者都会到会场的最后一排邀请后边的人到前边就座，几次邀请，才算将这些人"请"到前边的空座位上。这些人为什么愿意坐到后边？绝大部分人是因为自卑心理在作怪。所以，如何增强自信，先从坐在前排开始。

接触美丽，从自信开始；抛弃自卑，从自信开始。自信的人生才会更美丽。

一半是天使　一半是恶魔

什么是欲望？我们总是禁不住问这样的问题。其实，所谓的欲望是指一个人对某些东西的企求。其中不外乎物质、精神和情感三个方面。人为什么要有欲望？因为欲望是人的本能追求，没有追求就没有人类的进步。所以，欲望有时是与生俱来的，但凡生命，都有欲望。一般情况下，欲望分为本能欲望、人工欲望、高级欲望以及终极欲望。但欲望过度就是贪婪。贪婪与自私，也是人类最大的弱点。

能够满足人们正常生存的衣食住行就是人的本能欲望，在衣食住行之外，人们渴求的情感生活就是人工欲望，而人们的高层次精神生活则是高级欲望的体现形式，人们的道德、牺牲等一切为了群体利益无私奉献的欲望才是终极欲望。

欲望究竟能否膨胀？这个问题最好的答案要从生活中索取。

幸福的享受是生活的一种方式。人们对本能欲望的追求，无论一餐美食的欲望还是男欢女爱的欲望，都是为了更好地生活。但是，如果随着欲望走，会失去人生的主宰。如果完全没有欲望，一味地消沉，就会变得更加痛苦。无论食欲还是性欲，无论亲情还是友情，大可以小小地膨胀一下，比如，将美食进行到底，满足最基本的性爱，营造团结友爱的氛围，追求生理的舒适，合理地放松、适当地休息等，这些都能满足最本能的欲望。

伟大的爱情是亘古不变的主题，当人们满足了最基本的生存之后，欲望稍加膨胀，就会追求一种情感生活，这种生活多数是为了享受，比如人们为了情感的欲望而恋爱结婚，为了填补灵魂的空虚而吸毒，欲望不同，结局也不同。为了捍卫爱情而结婚的结局走向团圆美满，为了空虚寂寞而吸毒最终会走向绝望，两种人工欲望的膨胀方式不同，结局也不同。

在一些公园前的广场上，人们经常可以看到那些老人用粗大的毛笔蘸着水在地上练书法，虽然辛苦，但是他们习练了写字也锻炼了身体，对于他们来说是一种莫大的享受。在《福布斯写给未来精英》一书中，福布斯曾经说过，对一个人的激励有时精神的要比物质的强许多。当一个人受到赞扬的时候，即使没有物质的奖励，他的内心也是欣慰的。因为每一个人都有一种社会归属感和自我精神满足感。这种自我满足同时又是一种精神享受，这种高层次的享受就是欲望的高级形式。

1337年，欧洲历史上爆发了"百年战争"。1428年，英军在占领了巴黎之后，开始全力围攻通往法国南方的重要门户奥尔良城。在十分危急的形势下，为了挽救民族危亡，年仅十七八岁的法国女子贞德挺身而出，向查理王子请求参军。第二年4月，贞德受命担任解救奥尔良城的军事指挥，她女扮男装，身披盔甲，率领6000多人，向英军发起进攻。在她的带领下，法军终于打败英军，扭转了战局。贞德率部继续向巴黎进军，在康边城附近的一次战斗中，被英国在法国的帮凶俘获，后以4万法郎卖给英国。被囚禁了一年后，最终被英军杀害。

圣女贞德的故事是人类终极欲望的典型，关键问题在于贞德不是单纯为了自身个体而去抗击英军，而是为了法国民众的利益，她是为了国家和人民而献身的，她的牺牲，完全是纯粹无私的奉献。不仅圣女贞德，历史上的很多民族英雄，都具备如此的情怀。

抛开历史，现代人也在不断地追求自己的欲望。美国的著名喜剧类电视剧《欲望都市》里描述了四个为爱走天涯的都市时髦女性，虽然她们个性迥异，择偶标准也不尽相同，可是她们却一如既往地追求着属于自己的爱情和幸福生活。

专栏作家凯莉、公关经理萨曼莎、律师米兰达还有理想主义者夏洛特是生活在纽约曼哈顿的四位时尚女性，她们都已年过三十，不再年轻却依然动人。她们都有着稳定的职业且衣食无忧，她们独立的意识、富足的生活让所有的女人羡慕，可她们并不知足，因为她们缺少爱情。由于有了爱的渴望及对爱情的欲望，她们都纠缠在一段又一段的情爱里，奔波于各种各样的酒吧、餐厅、咖啡馆里，参加那些高阶层人士间的聚会、聊天，说男人说爱情也说自己的烦恼，她们的生活永远那么璀璨，不知疲倦。虽然她们之间建立起了最稳固的友谊，但是每个人都有着强烈的个性。因为不同的性格，她们的生活方式不尽相同。虽然她们已经不再年轻，自己心里也很清楚年轻的时光不再，但还是周旋在各式男人身边寻找情欲。她们不过是想在那个忙碌且充满欲望诱惑的城市里，努力寻找自己的真爱。可是现实却让她们的希望一次次成为泡影。尽管如此，她们仍然不放弃美好的追求，依然借着友谊的力量继续追求自己的理想，向着更高的欲望目标出发。

这部电视剧上演的时候，很多女子完全沉迷在女演员的美貌、衣着、精彩的情节和曲折的故事中，在陶醉的同时又觉醒：一个女人如果只满足于稳定的工作和独立的生活远远不够，还要膨胀一下自己的欲望，追求精彩的爱情，这才是完美的人生，才是高级欲望的本能。当然，在满足欲望的同时，又不能贪婪。一个人可以奋斗一生，他会获得很多的金钱和荣誉，他会得到很多次提升，他会拥有一个美好的前途，可他全身心地投入事业的同时，却忽略了身边的亲人和朋友，错过了一段美好的姻缘，这是很可惜的一件事。所以，在贪婪的欲望中，总有很多人值得珍惜，总有很多幸福值得拥有。

欲望会引领人们朝着一个又一个的目标奔走，然而，欲望一半是天使，另一半却是恶魔，一旦失控，就会把人引向邪恶。追求金钱、追求权力、追求美色，人们就会受到欲望绳索的束缚。欲望越高，达到目的的可能性就越小，越是达不到目的，就越是失望，越失望，幸福指数就越低。所以，欲望的膨胀建立在幸福之上，有了正确的人生目标和完美的生活态度，又何愁欲望会膨胀？

拷问生命　拯救灵魂

那天去远游，因为《我妹妹与我》令人爱不释手的艺术魅力，我放弃了登上五龙山的机会，坐在山脚下溪水边的一块岩石上，静静地领略着尼采的旷世精神，在没去山顶一览众山小的遗憾里，试图读懂尼采那赤裸裸情欲的释放，孤独灵魂的呈现，还有他对生命的终极解密。

奥斯卡·雷维在叙述《我妹妹与我》曲折的出版过程时写道："尼采很敏锐地认识到，自己是在受到限制的情况下写作，因而造成他日后的作品以更加深沉、更加广泛的方式，澄清了自己独特的观点，甚至以更加强有力的方式，赢得自己那个世纪——海涅开启了这个世纪，而他则总结了这个世纪——以及以后各世纪中的读者的理解。"也许人们难以相信，这个总结了一个世纪的哲学家所撰写的《我妹妹与我》，却是从精神病院潜运出来的文稿，是他百年之后才得以曲折问世的最后一部自传。

书中，尼采大胆写出了自童年与青少年时期起，与他纠缠一生的女子——妹妹伊莉莎白和他之间的暧昧关系，并借此阐述了自己的精神趣味与哲学观点：每一个时代都能借着一位大胆、无畏的人物，以典范教化他人；同情别人是一种可怕的自我满足，同情自己是最低下的一种自我贬抑；死亡取消生命，而生命在不断的复活中取消死亡；知识首先是源自"生活"，次要的知识来自"研究前人的结论"。我们最后带进坟墓的是一件薄薄的寿衣；一个人的意志是另一个人的命令。没有意志就会出现无政府状态。无政府状态先于所有创造的行动；对真理的追求，仍然是最伟大（以及唯一明智）的反叛形式；那些敢爱但不是以明智的方式去爱的人，对爱的力量感到失望；如何界定一个人是富人还是穷人呢？是"他有能力放弃他所拥有的任何东西，而不会失去安全感"。

尼采推崇柯拉雷斯的"美德是借由培养而产生，不像恶德那样自动迂回进入灵魂之中"。他以整个生命进行了哲理的探究，实现了他的"永恒的回归"。他对人世醒示道：一种事物越远离现实，就越纯洁、越美、越好。唯一的可能性是生活在艺术中。只因生命的美学幽灵，所以生命才成为可能。"凡是我们失去的东西，我们都会永久拥有。"这与易卜生的"一个人只会永恒地保有他所失去的东西"的观点不谋而合。

在《我妹妹与我》一书中，尼采对传统道德提出了质疑：构筑在希腊的美感和罗马的空间感之上的生活真诚感，以及由此形成的一种善恶教义污染了生命的真正价值，严重伤害了人类的幸福。"为何这个世界无法坚持这种新的道德责任感，同时又以较现实的观点重新界定罪与美德，使得宗教圆屋顶的阴影不致继续沉重地压迫着地球上的动物与植物？"他的作品都来自对世界的对抗，呈现出一种神秘主义的色彩，而他却几乎无法了解这种神秘主义。

在痛彻灵魂的孤独与生命的废墟上，他试图重建萝·莎乐美的地位。对她的思念，时时刺穿着尼采阴湿而孤独的心灵。从中我们发现，个人的喜好和忠诚永远不会胜过对于诞生其中的世界之忠诚。因而，他的心智一方面飘忽不定，另一方面却异常冷峻："墓地是富人也是穷人没有屋顶的宫殿，我们只有在需要的时候才去造访，并不认为它们令人不愉快或失望。墓地其实是我们为自己所建的最温暖和最持久的住所。无论冬夏，它们都展臂迎接我们：欢迎，老朋友。你是来审视最终的休息地方吗？"

尼采回忆自己的母亲："一天比一天憎恶的那个老女人"。对父亲的短暂的记忆，以及从父亲那里学习阅读和写作并专注于音乐的情形，让他难忘。而他受到压抑的童年时期的主要精神支柱——外祖母，以及在病逝之前仍给予他警告的姑母，还有在弟弟约瑟夫去世的那个夜晚，妹妹伊莉莎白温暖的小手给予他的那些欢欣的感觉，都成为尼采最后的记忆，并记载在他的书中。

尼采谈到自己已经赋予其作品最高的特质，包括普罗米修斯的禁欲主义。他将自己比喻成莎士比亚的主角并与之一起歌唱："激起你年轻的血气，要勇敢，要去爱。"他以一个哲学家而不是音乐家的观点去审视自己，他深知有些评论家会痛责他，犹如伽利略受谴责一样，敢于在他的哲学里撕裂每一种掩盖的面具，撕裂人心的各种虚伪，将人类赶到生命的舞台上，露出那赤裸公开的骨架。而他的笔记也许正是为了澄清他那片因为与四个女人的关系而受到污染的天空。他在幻想着"一旦这些笔记出版了，暴风雨就会洗新我记忆的风景,并为我蒙尘的骨头解渴"。"我的死将不会让我战胜生命,但是,我的'自白'将会提供不朽,因为我敢扯开'密室'的面幕,显示裸露的心灵及腐臭的伤口。如果我被从生命的梦中唤醒,将来就无法从坟墓的另一边挑战命运的真实。"

尼采生命中的最后10年,先是在精神病院度过,后来由母亲接到家中照料,母亲去世后,又由妹妹照顾。由于父亲去世得早,他的一生中,围在他身边的始终是女性,尽管没有人能够理解他的思想,可他一刻也未放弃过自己的思考。甚至,在他生病之后,仍然在与疾病的争斗中,写出了自己的哲学思想。

我们强调精神的独立,找寻思考的内涵,不妨了解尼采,从他的书中不仅能了解到后世传说的尼采的家庭关系等情况,而且对尼采作为哲学家之外的一个凡人的心灵世界也会有更多的了解。尼采勇于揭露自己的另一面,也勇于剖析自己,与那些伪君子式的人物有着本质上的差别。同时,我们也看到尼采反叛的一面,与世俗相对立的一面。

与叔本华不同的是,尼采是从音乐走向哲学,而叔本华却从作家成为思想家。他敬佩叔本华,并称赞和欣赏着他,将自己快乐的智慧,与叔本华悲伤的智慧形成对照:"悲伤只能释放出更深沉的悲伤,而快乐却能释放出我正生活于其中的内涵。"他热切地渴盼着:"我努力要像舒曼一样呼吸,像叔本华一样思想,像柏拉图一样写作。"他用最富哲理的语言阐述着音乐和文化的关系,将人的神性表现为对真理的喜爱。

尼采试图通过自己的文字教诲那些有着乱伦倾向的人们:"一

个女人的爱确实是受伤灵魂的镇定剂，但是乱伦却是一座关闭的花园，一座封闭的温泉，在那儿，生命的水枯干了，花儿虽开放，但手一触碰就凋萎了。"

阅读尼采的《我妹妹与我》之后，足以驱散笼罩在尼采名字上的乌云。正如奥斯卡·雷维于1927年3月为这本书所撰写的英译序中所描述的那样："对于世界上最绚丽而又最无望的生命之一，此书可以说是一个完美的休止符。读者在阅读每一章时都会想着：这几乎不是一则美好的故事。但是，基督被钉上十字架的故事也不是一则美好的故事。当我们人类的生命被揭露裂隙时，进一步开肠剖肚当然不是好的场面。"

尼采以其自白对抗着尼采："我将以我的自我背叛惊动这个世界。但是，我难道不是再度骑上拿破仑的马，奔回我刚放弃的思想的战场？"在对生命的终极拷问之际，孤独疼痛的灵魂得到了拯救。

如何过好每一天

淡淡的黄色和浅蓝色相间的封面上,有一只憨态可掬的猫和一个举着向日葵的小女孩。猫的安逸、女孩的幸福、向日葵的寓意,被吸引的何止千万人?我总是认为,一本书的力量,不仅可以深深地吸引人们,更会让人们安静下来,思考着如何过好每一天。

安妮·佩森·考尔,这位 20 世纪声誉响彻全球的心灵导师及畅销书作家,加上著名翻译家余卓桓以及知名出版人孔宁,作者、译者与审校的名字耳熟能详,这些名家撰写、翻译、出版的一本书——《过好每一天》,让我放下已不再可能。

曾经无数次问自己:生命如此短暂而前路总是那样曲折,如何过好每一天?读了《过好每一天》,才找到了确切的答案。安妮平实的语言,富有哲理又蕴藏着智慧,从家庭到社会、从教育到人生、从时间的分配到金钱的运用、从教养到性情,涵盖了人生的整个成长过程,不仅对孩子的成长给予指导,对一个家庭如何和谐相处,对人性如何克服弱点以及历练健康的身心等方面,作者都提出了自己的观点和建议,为当下许多因教育问题感到无所适从的家长提供了育儿宝典,更为每一个社会的个体——希望获得完美人生的各界人士输送了充实的给养。

《过好每一天》是安妮赠给人们的人间大爱指南书。安妮说:"真爱才能带给我们自由,赐予我们所爱之人以力量。只有当我们尊重他人的自由时,才真的有可能接近并爱上对方。"从安妮的语句中,我们可以认识到爱与被爱、主动与被动之间,是有区别的,当然,爱以尊重他人为前提,即使活在当下,仍要给爱人以自由。由此,安妮深信:"不管别人多么不好、多么不友善或是不公平,我们也不应该怀着主观恶意的态度去面对这些不公与不善,而是应该首先进行自我反省——审视别人对自己的批评是否恰如其分,看看批评者对我们所持的观点是否正确。"这些语句,可以纠正一些扭曲的观点,让人们认真地剖析自己,然后付诸行动,从而获得真正的爱,让人生变得更充实。

生活的快乐不仅取决于外在的环境,更依赖于内心的感受。解决好情感与家庭的问题,才能保持融洽的氛围,产生由内而外的快乐。现实生活中,无数人生活虽然安稳,工作也相对安定,但内心却是那么焦躁不安。如此循环往复的结果,就是对家庭的不负责任,夫妻争吵,孩子生活在恐惧中……

安妮教给人们保持家庭融洽的方法其实很简单,就是要"顾及别人的感受"。因为"极度愤懑",会让人们"积郁成疾"。所以,人们要想获得很高的幸福感,让快乐充满身心的关键是注重内心的自我提升和修炼,尤其在生活中摒弃那些恶习,诸如自私、惰性以及无知等。安妮提醒人们怨恨会导致消化不良,身体孱弱,不仅"扭曲我们的品格",也"抹黑我们的灵魂"。

《过好每一天》是一部心灵成长书。书中第一次提出了"人类的敏感性其实是一种极为重要的天赋"。敏感与细腻的性情对周围环境的反应很大，越是敏感，越是反应迅速，也更能发挥自身的才华。敏感的性情原本是一种扭曲的性情，但在安妮的鼓励下，人们会将其转化，从而找到适合自己发挥长处的方向。更为可贵的是，安妮为具有敏感性情的人们开出了"药方"，列举出一些翔实的事例，让人们从中有所感悟。

很多父母对处于叛逆期的孩子束手无策，安妮则给出了答案。她肯定父母与子女都有不同的爱好和兴趣，生活的节奏不同，成员间的格局势必不同。家庭成员间应该互相容忍，才能驱散阴霾，在体验幸福感的同时，保持良好的修养。同时，安妮认为"生活中的危机与考验就是温度计，清晰地表明我们是否过好了每一天"。我们曾经无从考量每一天过得是否令人满意，从安妮的观点中，可以找到答案：过好每一天就是一门学问，让人生处于一种平衡的状态，这个过程不仅有趣也对健康有益。从精神的提升到身体的保养，安妮用自己的文字使读者的内心感受到无比温暖。

从《过好每一天》鲜明的主题和精悍的文字里，我们体验着作者的关爱，在追求成功的道路上，关注身边那些美好的事物，学会思考、学会生存，缓解压力、放松身心，秉持温和、乐观向上的态度，凡此种种，皆是对待人生的态度。这种态度，符合当下人们的生存状态，更能在杂乱无章的生活中看清自己，获得心理的安慰与满足。

《过好每一天》，因为宁静，而有内涵；因为喜欢，而乐于阅读；因为精致，而捧读不倦并珍藏。

每一个人都渴盼着度过最有意义的人生,并在有限的人生旅途中让生命充满无限的欢乐。这份快乐就是一种幸福。

于力/摄

生活其实无处不在,生活就在我们身边,看我们如何去感受。因为,生活得快乐与否,完全取决于个人对人、事、物的看法,还因为,生活是由思想构成的。

于力/摄

第六章

品味生活的那道菜

我们最欣赏的一道菜,是色、香、味俱佳的那一道,而生活,就是需要我们认真品读、品味的那道菜。在生活这道菜里添加着的,不仅是酸甜苦辣,还有充满诗意的内涵,只要去品,一定会有所感悟。

生活从不曾遗弃我们

生活是一种真切的感受,也是一种心情的体验;生活是一种人生的经历,更是一种厚重的积淀。生活让我们懂得艰辛过后的甜蜜,生活让我们感悟人生的真谛,生活更赐予我们无尽的财富。

少小离家老大回,其间体验的是远离父母的孤独;闯荡异域奋斗成功,却遍尝了游子生活的艰辛。生活在尘世,谁能逃避艰辛?多少父母离弃了子女,又有多少孩童过早地品味孤独?

在动车事故中幸存下来的小伊伊,虽然父母已不在人世,可是,还有那么多的热心人士帮助着她。著名足球运动员提出要收养小伊伊,他们因爱心得到了无数人的尊重。

还有一位博友在微博里写道:"只要这条微博被转发一次,我就捐一块钱,上限是一百万。"

谁都知道,每个人的钱都不是大风刮来的,赚钱的过程都会充满了艰辛,可是这位博友却让尚不懂事的伊伊感受到人间的温暖与美好。当伊伊长大的时候,我相信,在感受美好生活的同时,她的心中同样会对这些热心人士充满了感激。这种感激,或许会冲淡她心中无数的痛。

耳闻目睹,生活中有了这么多真实的感受,温馨的体验,怎么能不令我们更加热爱生活?在感受生活的同时,我们更要感谢生活,因为生活赋予我们的太多,太多……

生活教会了我们克服困难,不懈地拼搏;生活教会了我们坚强刚毅,勇往直前;生活让我们回忆起过去的艰难岁月,却更加珍惜今天拥有的一切;生活让我们憧憬美好的未来,在前行的路上脚步会更加坚实;生活使我们懂得:一切美好的东西需要付出艰辛才能够获得;生活使我们体会到收获的快乐,成功的喜悦。

虽然生活有时充满坎坷,虽然生活有时不尽如人意,虽然生活中有无数的风风雨雨,虽然生活中的每一天并不都是那么阳光灿烂,虽然生活中充满了酸甜苦辣,但我们每一个人在感受生活的同时,仍然要感谢生活。因为生活使我们的人生更加多姿多彩,因为感受生活也是人生的一种莫大享受;因为生活的空间是广阔的,生活的内涵是丰富的;因为生活要靠我们全身心地去体会,因为生活有付出也有回报。

生活中的许多成功都取决于我们自己的经历以及别人对我们的印象和看法,有些时候,很大程度上也取决于外界对我们的评价。一个人受到外界的赞扬时,发自内心的快乐无异于年少时老师的表扬和鼓励。一个人在外面受到赞扬和批评的时候,内心的想法是不同的。坎坷的生活能够让受到挫折的那颗心很快归于平静。而一帆风顺时的批评,则会让人在内心里郁闷许久。可是,我们有必要去为此烦恼、为此难过吗?

生活对我们来说意味着什么？我们已经用行动回答了这个复杂的问题。爱默生在他的《旅行日志》中写道："不论是荣誉还是不光彩，它都会伴随一个人的终身，这是一个很重要的事实。我们总是把自己所得到的一切归咎于他人的意志，殊不知我们所做的一切早已决定了我们最终将收获到什么。一个来到别人家门前，习惯于先询问一下是否可以进入的人，总能得到一个热情真诚的回答。"

生活本身就是一本教科书，它教会我们用爱心去善待每一个人，用大度去包容周围的一切，用纯洁去赢得人们的友情，用勤奋去做好每一项工作；因为生活不仅仅创造了生命中最难以忘怀的快乐时光，而且也为人们创设美好的未来提供了新的希望。

在生活的世界里，我们不再觉得自己是多么渺小；在生活的画面中，也许我们就是那道瑰丽的风景；在生活的那本书中，相信自己就是故事的主人公；在生活的诗行里，每一个人都是精彩的绝句。只要我们感受了生活，生活从来就不曾把我们遗弃。

激励给予我们的收获

随着高科技时代的到来,人们的脑海中充斥着很多新名词,生活的内涵在逐步地提升。

从最普遍的衣食住行中的"食"来看,人们已经不满足于吃家常菜,而是去海鲜酒店吃那些海产品或者到西餐厅吃自助,当遍尝美食之后,人们又开始留恋那些家常菜,于是,一些家常菜馆便红火起来。

父女两人坐在家常菜馆里就餐的时候,女子不由想起小时候跟母亲学做的一道凉菜。

将白菜的菜帮部位横着切成小条,再顺过来切成细细的丝,将这些细丝放到盛着凉水的盆里,只几秒钟的时间,这些很直的细丝就变成了弓形,上面被刀横切的部位向上翘起,形成了一个个的小芽,煞是好看。把这些像弯月一样的细丝从水里捞出来,码到凉菜盘里,晶莹透明,给凉菜增色不少。

女子曾经问过母亲:这叫什么?母亲淡淡地说:傻瓜家常菜。

经过这么多道工艺的菜,很明显是动了脑筋才想出来的,怎么能叫傻瓜菜呢?女子一直都不理解。女子又将这个话题提了出来，父亲笑着说："你知道为什么叫傻瓜家常菜吗？"

女子摇头。父亲解释说："那是因为你妈妈也不知道那道菜怎么称呼。我在外面从来也没吃过那样一道菜，也许，那道菜就是你妈妈发明的。"

女子愕然。原来那道菜没有正式的名称！也许不能登上大雅之堂的菜都属于这一类吧！可是，在她的心里，没有什么比这道菜更美、更精致，也更让她神往了。

那个时候，她家里的生活虽然没有现在富裕，却处处充满了快乐。

自从看到妈妈做的凉菜后，她就立志当个好厨师，每天放学回家就动手做菜。

刚学会做菜的时候，每次都炒土豆丝。将土豆去皮，切成片，再改刀切成丝，炒熟，装盘，在父母下班前将菜摆到餐桌上。不是每一次都亲口品尝，时淡时咸，好在父母从不嫌弃她炒的土豆丝，看着他们很享受的样子，她的心里总能自豪一阵子。

高中同学小静每次来她家，都赶上她正炒着土豆丝。小静瞪大了眼睛看，却怎么也看不明白。小静不会做饭炒菜，静妈也不会。

有一天，小静终于按捺不住，问："这道菜叫什么？"

女子刚想说清炒土豆丝，突然又灵机一动地说："傻瓜家常菜，只要是傻瓜，都能做。"

小静惊讶地张大了嘴巴，然后顿悟："那不会做这道菜的人就是天大的傻瓜了？"

"不是那个意思。"女子举着锅铲擦着脸上的汗水解释。

"怎么不是呢？我回家跟我妈说过，你炒的土豆丝看着很香，可惜我妈不会做。"

"家家都有自己的生活习惯，我们家炒土豆丝并不等于你们家也要做这道菜，我妈说得对，做道傻瓜家常菜其实就是针对自己的喜好。生活随意些就好。"

"我羡慕你们家的生活方式，我也想学做菜，可是我很笨，不知道能不能做好。"

"你能行的。我可以帮你呀！有不明白的地方还可以问我妈。"女子鼓励小静道。

女子没想到，小静是个认真的人，此后不久，经常看到她的手上包着纱布，细问才知，小静苦练做菜，在练刀功的时候，时不时地把手弄伤了。女子很敬佩小静，因为小静对做菜已经到了痴迷的程度。后来，女子考上了大学，小静竟然没参加高考。

多年以后，女子在宴请外宾的时候，外宾提出了一个特别的要求，就是吃上一道清淡的菜。女子突然在脑海里浮现出了那道傻瓜家常菜。她跟餐厅主管建议，能不能自己设计一道菜，餐厅主管同意了，不仅让女子自己设计了一道菜，还将赠送一道素菜。女子很高兴，回到座位上与外宾一起聊天，安静地等待。

当两道菜一起被服务员端上来的时候，女子惊讶了。这两道菜，一道是傻瓜家常菜，一道是素炒土豆丝，菜的色、香、味与自己当年做的很相像，只是比自己做的味道要纯了许多。

女子要求主管一定要给她引见一下厨师，与她预想的结果相同，这家餐厅的主厨正是小静。

后来，小静在和女子谈起做菜的感受时说："我觉得能做一道好菜，甚至一桌子好菜，是我生活中最快乐的一件事。每次做好一道菜，摆上一朵花或者一片叶子，都仿佛在欣赏一件艺术品，那是经过我的手展示出的成果，我有一种满足的乐趣，更有一份对生活的感悟。可是，你知道吗？这份感悟来自当初你说的那道傻瓜家常菜，我把记忆中能搜寻到的想法都用到了做菜上，你说我傻瓜不？"

凡是说自己傻的人，其实骨子里都透着精明，谁能说小静傻呢？女子一句简单的鼓励"你能行"，将她带进了另一个人生境界，后来，女子终于知道小静没参加高考的原因，是因为对做菜着迷，她希望自己将来能当一个为众人服务的好厨师。

在英国，有一所学校经常接待来访的学者，学生们的聪明伶俐给来访者留下了很深的印象。一天，又有来访者到学校参观，一个腼腆的男孩子引起了来访者中一位大人物的注意，没等这位大人物说话，男孩子的老师抢先说道："他是全校最笨的学生。他那脑袋我教什么他都装不进去。"

大人物听了，什么也没说，继续到其他教室参观。当他们即将离开学校的时候，这位大人物回到原来的教室，找到了老师说的那个笨笨的小男孩，与他谈话。然后，他亲切地抚摸着男孩子的头说："不要紧，你将来会成为一个很有学问的人。不要泄气，而要努力，并坚持下去。"

以前人们总是说这个男孩愚蠢，一无是处，男孩自己也认为自己是愚蠢的。正是这位陌生的大人物的几句爱与同情的话语鼓舞了他，也点燃了他的雄心壮志，让他对自己对未来充满了希望。他对自己说："我要让我的老师和所有认为我一无是处的人看看,我到底有没有出息。"

男孩后来走上求学之路并最终成为一位著名作家,他就是著名的亚当·克拉克博士,有关《圣经》的评论家和许多重要作品的作者。

从厨师小静到博士克拉克,虽然他们不被外界看好,而且自己也曾一度消沉过,但是他们经过后天的努力却取得了成就。究其原因,是鼓励和激励的因素在他们的思想行为和生活行为中发挥了作用,以至才有后天的收获。

其实,生活里的内容很多,休闲的时候,给自己做一道傻瓜家常菜,说不定,你也会成为小静那样的高手。不妄自菲薄,尝试着写一些文字,也许,你就是另外一个克拉克。

人生不只美酒如诗

一套海陆空套餐，三菜一汤，很简单，很精致，却蕴含着一些常人无法预想到的快乐，正像许多人希望的那样：诗意地栖居，诗意地生活。

六月，是晚春与夏初交替的时节。在这样的时节里总是会有许多感人的故事发生，其中包含着友情与关爱，而六月里和友人在一起清饮小酌，看着漂浮的红蜡烛，喝着爽心悦目的清茶，在清静的一隅悠闲地畅叙友情，谈论未来，回顾过去，眼前浮现的是洗尽铅华的城市，亦真亦幻的生活，该是多么惬意，估计谁都不会拒绝这一切。

曾经和友人去过一家文化餐厅，餐厅的外观很不显眼，甚至有些简陋，可一旦走进这里，一股清爽立即沁入骨髓，双脚不由自主地迈了进来，因为总有一种力量吸引着我们，即使现在写着这些文字，仍然不能忘怀。

远远地飘来的是一首吉他弹唱曲《I Believe》，朦胧的烛光下，有倩影浮动，桌子上精致的花瓶里插着一束盛开的红色康乃馨，圆圆的小软沙发坐进去很舒适，而在附近则有两张长条形的桌子，配以长条椅子，有点类似公园里木制的长靠椅，墙上写着"rescaffe"。这样典雅的装饰让人感到温馨而又亲切，再品一口大麦茶，心情顿时放松而愉悦。

我清楚，内心里渴望的是这样的一种生活，有人称为小资情调。不管是哪一种，对小资的理解首先就是要有文化，在文化的基础上，追求宁静、时尚，大众生活中需要小众格调本身就没有错。或许，小资们对生活的领悟有时会更透彻。

就像我在这家文化餐厅听到的一个真实的故事：餐厅最初是一位韩国留学生为拯救一名心脏病儿童而建起来的，以后逐渐开成了连锁店。在开店经营的同时，已经救助了24名心脏病儿童。从桌子上的一个火柴盒上看到了餐厅的标记，正面是"Papa's"，背面则是"妈妈手"，不由想起慕容姐的文章《Papa's & 妈妈手》，起初并没读懂"Papa's"和"妈妈手"的内涵，身临其境，才更加明晰，并且得知那些被救助的心脏病儿童都健康地成长着，P&M 的董事长也被孩子们亲切地称为"爸爸"。

有感于 Papa's 背后还有这样一个爱心故事，听着歌手演唱着姜育恒的《跟往事干杯》，体会着一种别样的心情，感受着在喧嚣的都市里，在一条清静的小街上，还有这样一处幽静的地方。欣赏着柔和的灯光，听着舒缓的音乐，在怀旧的吉他曲和乐手深沉的演唱中向友人倾诉着心灵的絮语，此刻的心情最平静，此时的身心最放松，真正感受到了一种全新的心境："累了，来坐坐；倦了，来歇歇；一杯清茶，几句实话，将你的快乐与悲伤都留在这里吧！P&M 为您记录着生活的点点滴滴。"

那样一个晚上，窗外飘着小雨，与友人相约，重来这里，在这样一个温馨的氛围中，听着一个轻柔而毫不掩饰的声音讲述着明星赫本，讲述着有关"Papa's & 妈妈手"的故事，讲述着文学创作，思绪仿佛就在美国的电影中，在六月里发生的故事中，在桌上摆着的老式座钟的钟摆里，在那台雕着精致小花的脚踏风琴上，又仿佛在那些匠心独运的设计中……

生活中谁都不会忘记这样的一个夜晚，有灯火、有清风、有友情、有清茶，如果从"红嘴绿鹦哥""燕草如碧丝""凤凰台上凤凰游""黄鹤一去不复返"的菜名中再体会下历史典故和现在的人文，不用我们给生活加上任何的注解，生活已经启发了我们。

菲利普·布鲁克斯说："我们应该感谢生活中的大部分东西。比如说夜空中的繁星默默无闻地将清辉洒向大地，我们抬头仰望星空之时，便能从中感受到一种宁静而致远的力量，获取一份勇气。如果我们无法对别人有所帮助，那么，就相信自己能够成为一个有助于他人的人。我们应当知道，一个卑微的人，只有让这个世界因自己的美德而变得更加美好，只有让自己身上的美德帮助到或安慰到他人，才能成为一个真正强大、文雅、纯洁、端正之人。"

一位作家说："如果我的爱残缺，我的生命就不完整。如果我心中有恨，我的生命就遍体鳞伤。只有当我以无所不包的普世的爱去爱人，那永恒之爱才会在我身上绽放美丽，并通过我的笑声表达它最神圣的喜乐。"

与人玫瑰，手留余香。不管走到哪儿，都要送出一些鼓励和善意。要知道，送给别人一点阳光，自己的内心会处处被阳光照耀；送给别人一丝温暖，自己浑身都会洋溢着暖意；送给别人一些祝福，自己同样会受到祈祷。这些世界上最简单不过的事情，为什么不去做呢？生活中常常有这样的机会，发一条温馨的短信，写一封友好的邮件，说一句令人鼓舞的话，做一点力所能及的善事，这些都将以不同的方式回馈给我们，并让我们从中体验到满足的快乐。

诗意的生活，虽然听上去浪漫，其实，就存在于现实，不经意间，在我们的身边出现，只是我们没能及时地抓住它们，感受它们，即使三菜一汤这样的简洁套餐，也不一定留住那颗慈爱的心。所以，请记住：不只美酒如诗，生活才是最精彩的诗篇。

珍惜曾经拥有的一切

说起这个题目，没有人会相信，生活就是生活，怎么能跟香辣蟹搭上边？如果读了下面的文字，相信你能体会到，生活原本就是一盘香辣蟹。

在城市的主干道上，雨后春笋般冒出来一排店铺，巴蜀酒楼、香辣蟹、杭帮菜、国府肥牛，看着这些店名，就知道里面盛着各种异域风味。

从店名来看，最吸引我的，还是那个香辣蟹。我承认，从来没有什么美味佳肴让我如此地心动，让我牵记，总是希望亲口品尝，而这个想法一直没能得逞。尽管这样，仍然对香辣蟹进行了一番研究。居然发现，原来在香辣蟹的背后，不仅体现着饮食文化的内涵，还隐含着那种浓浓的友情气氛。

印象中去过三次香辣蟹店，而每次去都是同学聚会的时候。

也许是香辣蟹店位于市中心的缘故，散居在城市四面八方的同学们对于去那里都没有异议。于是，香辣蟹店，就成了约会地点。

第一次聚会，老同学见面，大家愉快地交谈着各自喜欢的话题，谈论最多的除了同学友情外，就是这里的香辣蟹了。那满满的一大盘蟹子，摆在桌子上确实很诱人。切磋各菜系的做法也是女生的业余爱好，于是，厨艺较高的同学为我讲述了这道菜如何去做才能色香味俱佳。将整个蟹子从中间剁开，然后炒熟，加入鸡蛋，再放入辣椒等作料，这道菜就算完成了。原来如此的简单！可惜，即使学会了做这道菜，因为咽喉炎，我也不能吃它。同学笑我没有口福！

第二次聚会，是一位至今未婚的小女子特意邀请的。还是老地方，香辣蟹店。席间，小女子幸福地和男朋友翩翩起舞，大家都为他们高兴。当香辣蟹这道菜又摆在我们面前时，小女子在劝酒劝菜的同时，为我们描绘着将来结婚时的情景。如烛光晚会，透明的高脚杯里盛满热烈的红葡萄酒，只是至今还未收到她结婚的邀请，也不知这独居的小女子是否还是那样陶醉在甜蜜的爱情里。

第三次聚会的时候，不用问就知道一定是去香辣蟹店。那一次是为了欢迎一位从桂林回来的同学，那位同学也许是离家太久，或者是我们变化太大的缘故吧，很多同学的名字他已经记不得了，所以，大家在再次品尝香辣蟹的同时，不免因为远道而来的同学叫不上自己的名字而感到难过。我暗自思忖着：还不如香辣蟹那样，常常有人叨念着呢。

一道香辣蟹，让我回忆起同学相聚的美好时光，也引发了我如此多的感慨。总是喜欢去香辣蟹店，其实，并不是为了吃那道美味，而是去体会那份浓烈的同学情谊。

春天临近了。脱下长长的外衣，整个人也觉得轻松了许多。喜欢在温暖的中午，在人行道上漫步，从单位到香辣蟹店大约要走20分钟,那一天,不知不觉地就走到了那里。可是抬眼看去,那招牌怎么就换了呢?从前的香辣蟹店已经改成了水煮鱼店了。不知道什么原因这店就改了名字,原来的那种亲切感顷刻间就消失了。不时地还会有一丝遗憾袭上心头。

写了这么多,并不是回味香辣蟹的滋味如何,而是从香辣蟹这道菜中去体味人生的苦辣酸甜,品味浓浓的同学情谊。人们常说:生活就是一道菜,里面盛满了苦辣酸甜。没有酸和辣的菜也不是好菜。走在街上,经常可以看到人们为了一点小事而争吵,甚至拔刀相向;朋友间,可能因为利益发生了冲突,而反目成仇。这些都是很酸楚的内容,谁都不愿意去触及。当我们身边洋溢着亲情、友情的时刻,又会是那样惬意。拿着礼物去探望多年未见的老师,看到老师仍然有当年站在黑板前的风采时,心里就会有一种甜的滋味盈满心间。如果事业上没有进展,经商遇到失利,心情就会低落,不时会感叹自己前途未卜,凄苦的心境可想而知。这个时候,去吃一顿香辣蟹,就会在麻辣的体验中激发自己的斗志,让青春飞扬。那些遗憾的、失落的、颓丧的思绪会随着心情的振奋而消失殆尽。

也许,人生会有很多遗憾,比如去这家香辣蟹店。自从这店改了名字后,同学们至今还没有聚会过。但是,遗憾也会令我们更加珍惜曾经拥有和所熟知的一切,那才是最重要的。因为很多曾经遗失的东西,常常保留在记忆里。

当生活中融入了太多的元素,比如友谊,比如回忆,那份美好,那份热烈,就像这盘香辣蟹一样,辣辣的,浓浓的,吃了还想品尝,虽然改了店名,即使留有遗憾,也算作美好的回味了。

在生活的世界里,我们不再觉得自己是多么渺小;
在生活的画面中,也许我们就是那道瑰丽的风景。

罗雷/摄

生活就是一个大舞台,每个人都是这个舞台上的一个舞者。人生的序幕拉开后,每个人都在这场舞剧中扮演着一个角色,这样的角色也都在上演着有关自己的悲喜剧。

于力 / 摄

保持鲜活的生活状态

生活是否需要保鲜？很多人对这个问题感到迷惑。可是，如果看到鲜花和食油时，就会找到答案。

街角处有一家花店，店主是极有风韵的女人。在端庄的外表下，衬着合体的装扮，经常一边跟客人说话，一边打理鲜花。她的女儿经常利用课余时间到店里帮忙。

女儿总是觉得把那些花叶都剪掉了有些浪费，跟店主抱怨说："这些叶子也可以留着啊！"

"孩子，你不知道，这些鲜花是需要保鲜的。如果不剪掉外面的叶子，把根部放在水里，等时间一长，不仅叶子会失去光泽，花儿也会枯萎。要记住，鲜花跟生活一样，也是需要保鲜的。"

"这么说，我们给这些花儿保鲜后，它们就会活得更长久，开放得也就更艳丽了，对吗？"

"是啊，鲜花是有灵性的，给它们保鲜，才能延长花期，花仙子高兴了，就开放得时间长一些。"

女儿问："怎样才能延长鲜花的生命呢？"

店主说:"有三种最简洁的方法。第一种是将花枝末端烧焦后,放在酒精里泡一分钟,花可以开放半个月。第二种是在插花的容器中加入适量的鲜花保鲜剂,能延长花开放的时间。第三种是将花枝末端剪去一段,然后把花枝浸入盛有冷水的容器里,花就可以绽放了。"

女儿说:"虽然没亲手试验过,但是我相信妈妈的话没有错。不过,我还是最赞成给花加上保鲜剂的做法。"

店主说:"没错。当我第一次去一家外资企业送花的时候,我看到了大堂里放着的一株无土栽培的绿宝石,那个时候曾经很不理解,那么大一枝花,怎么就能在充满石子的大花盆里生长得枝繁叶茂呢?后来,我才了解,花盆里放了营养液。定期给花施加营养液,花儿就会生长,和我们给鲜花保鲜后,花儿就不会枯萎一样。"

"我明白了,鲜花需要保鲜,与生活中的很多事情一样。"女儿突然开窍似地说。

"与生活中的很多事情一样?难道你谈恋爱了?"店主停下手里的剪刀,打量着女儿。

女儿的脸微微发红,含羞地点点头。

店主没说话,一边剪枝一边沉思。然后说:"女儿,你知道我们家里吃的食油吗?"

女儿答:"当然知道。"

"可是你知道食油跟鲜花一样,也是需要保鲜的吗?"店主问女儿。

"这个我还真是不知道。"女儿眼睛忽闪着说。

店主接着说:"生活中,每一名家庭主妇都知道很多食物包括炒菜用的油都需要保鲜,全家人的一日三餐是由这些食物组成的,为了家人的健康,保鲜很重要。在欧美国家里,对食用油采取的是充氮保鲜技术,这种技术是不添加任何防腐剂和人工抗氧化剂的,它能避免油脂与氧气接触,防止油脂氧化,保存了食用油的口感、口味和丰富的营养精华。但是,如果不是亲眼所见,谁都不相信这种技术对工艺和设备的要求都很高,从压榨、精炼、储存、包装到运输,厂家必须投入很大成本,他们要购置先进的精炼设备,然后进行科学加工,才能压榨出没有杂质、没有氧化物、油质精纯清透的食用油。当这些食用油通过家庭主妇的手,流向每一道鲜美的菜肴里,有谁会猜出,每一滴食用油都经过了7道精炼技术,才能提取出来呢?可见,因为保鲜技术的高超,才有健康的食用油。

"从食用油的保鲜技术,到鲜花的保鲜剂培养,不禁联想到我们的生活,若想让生活常过常新,不是一样需要保鲜吗?"

"我明白了,您是说,鲜花需要保鲜,食油需要保鲜,爱情也需要保鲜。"女儿顿悟。

"没错。鲜花和食油都需要保鲜,鲜花保鲜是让花期更长,盛开得更茂盛;食油保鲜是让油的味道更好,保存长久时间后仍然不会变质。爱情也是这样,不仅要保持长久,更不要半路变质。"

"妈,我看您应该写散文去。"女儿惊讶地说。

"跟你说正事呢,别捣乱。"店主继续说,"我曾经见过一款红色对开门冰箱,炫亮的彩晶面板在灯光的映衬下分外夺目,不只外形美观，打开冰箱的冷冻室和冷藏室，同样令人赏心悦目。就是这样一个外表冷漠的家伙，却为我们的生活带来了神奇的变化。从炎夏的蔬菜，到春秋的水果，只要放进冰箱，就能保鲜。但是，放进了冰箱后，我们还要不时地给那些物品通通风，看看是否变质，或者给冰箱做一下清洁，这样才能保证蔬菜的新鲜、水果的甘甜。"

"我听明白了，一定按照妈妈的教导去做。"女儿顽皮道。

后来，女孩考上了公费留法研究生，她的男朋友考上了国内一所名校的研究生。女孩毕业后，毅然回到了国内工作。就在两个人刚刚相聚后，美国的一所院校给男孩发来了博士研究生录取通知书，女孩支持男孩去美国学习，经过一年的复习，女孩也考取了男孩所在大学的博士研究生，两个人从国外给花店的店主寄来了照片，女孩甜美的笑容和男孩沉稳的微笑相融合，看着这张照片，店主欣慰地笑了。

女孩和她的男友双宿双飞的故事让很多人感动，现代的快节奏生活，使很多青年男女之间已经缺少了真爱，爱情快餐已经不再有保鲜的说法。女孩能够将自己的爱情进行保鲜，不管时间和空间如何阻隔，两个相爱的人最终走到了一起，这在很多人看来，都是很了不起的一件事。

生活中不仅爱情需要保鲜，友情也需要保鲜，亲情更不能疏离。生活中需要阳光，也需要勇气，面对挫折，更多的是微笑着面对。

生活保鲜，就像我们喝的一杯茶，随着越冲越淡的颜色，不断地倒掉，重新泡上新茶，这样才能保持茶的清香。就像保鲜的蔬菜要放进冰箱一样，泡茶也离不开白开水，因为很多事物是相辅相成的关系，茶与水之间如此，人与人之间亦如此。

如果每一个人都能将生活的一切进行保鲜，我们的生活就会保持一种鲜活的状态，比如夫妻间的恩爱，比如朋友间的情谊，比如亲人间的温情，比如同事同学间的友情，等等。如果在日常生活中，不断地添加进保鲜剂，我们的生活定会丰富多彩，像那些植物一样，绿意常在，春天永驻。

一天到晚游泳的鱼

如果在百度搜索里输入：生活缺少哪味调味料？百度就会很知心地给你提供一道新浪星座测试题。按照两种不同的方式回答了这道题后，得出了两个不同的答案。

第一个答案是：A. 料酒。你应该用酒精麻痹自己，彻底糜烂一把。你的生活缺少了危险性的刺激，缺少了一份迷醉和奢华。你总是用各种事情和原则来控制自己的生活，这就使得你的生活越来越一板一眼、正儿八经。你实际应该给自己更多尝试新鲜事物的勇气，太过于自我保护，只会让你的生活越来越无味。偶尔叛逆一下，露出自己不同的一面，甚至任性和坏心眼一下都没有关系，不要太在意别人对你的看法，不要总想着给别人留下好印象，你应该活得更自我一点。

第二个答案是：E. 砂糖。你应该给生活里加些简单的甜蜜。你容易安于现状，也总是比较现实和冷淡，不喜欢跟人太过亲密，更不会跟人随便聊心事。这样的你，有时会喜欢把事情往现实和悲观的角度想，不会让自己抱有太多幻想，也不会让自己表现出孩子气。你很需要让自己的想法更单纯一些，有时孩子气和笨一些，会让你更容易感到快乐，更容易得到生活的乐趣。没事儿不要偷懒，约约朋友、恋人，甚至家人，和更多人在一起，才会让你逐渐觉得生活充实和甜蜜。

虽然这两个答案都与本人有很大的差异，但还是体会到了游戏制作者的良苦用心，我们都应该承认，生活有时确实很单调，获取快乐的方式少，孤僻、任性，空气中有太多的沉闷气息，影响了心境或者给身心带来了不利的因素。

曾经读过这样一段文字："如果说生活是一杯醇香的酒，那么就让我们细细品味；如果说生活是一首连绵的诗，那么就让我们放声吟诵；如果说生活是一首激昂的歌，那么就让我们引吭高歌。如果你想问什么是生活中的调味剂的话，那我告诉你，我认为，它是友谊，它让你快乐，当然，也有很强的杀伤力，让你坠入低谷。它会让你尝到无穷的各式各样的滋味……"

辩证的文字，很容易让人们燃起生活的激情。

生活中的调味剂不只有料酒和砂糖，食疗可以健硕我们的身体，而心灵的治疗则源于精神的动力，拥有一本好书，就像我们最需要的生活调味料，在冬日的寒冷中，送来一缕暖阳，让心灵温暖滋润。所以，诗人们常把书比喻成清风、夏雨、朝露和甘霖，拂去心灵的尘埃，为平淡的生活增添一抹色彩。

有人说：城市森林里，总有焦躁和烦闷在心间，如何才能让自己的生活得以调剂？其实，添加生活的调味剂，让生活里有那么一些灵动的内容存在，并不难。

每个人都外出旅游过，旅游的地方除了可以欣赏山川的美景，还可以领略大海的风光，如果这些你都没赶上，那么，在你生活的城市里，一定有一处有假山、有小树的公园吧？这里，也许就是你放松自己的好地方。

比如，你可以坐在一条藤椅上，伏在上面看着对面鱼池里游动着的一群红鲤鱼，正围着一株类似小岛的闪竹在嬉戏，椅子边的一棵棕榈树、木质结构的一座两米长的小桥，假山石上的小瀑布以及流水的声音不时落入眼中、耳中，还有墙上的古代仕女壁画和飘逸的书法作品，仿佛会带你走进如幻的梦境，回头和笼子里的鸟儿说句话，然后回味着曾经做过的梦和曾经走过的岁月，就像那首《一天到晚游泳的鱼》，在生活中嬉戏着，被莫名的忧伤充塞着，被友情的温暖包围着，为凡人的痛苦左右着，也为精彩的瞬间感动着。也许对生活的感悟太多，有时免不了对生活失望，但却对人生之路充满了渴望，那些做过的梦，虽然没有实现，但对生活的感谢，对关爱的感恩，这一刻，生活就是在这样的氛围里度过，无法逃避。

如果实在没有地方可去，劝你到黄金海岸去看看海，观观潮，领略下那里的风。即使连续几年的夏季去那里，同一个地方，同一条海岸线，同一片细细的沙滩，但走动的人群不再相同。每一次去，都能有不同的收获。沐浴着海边的清风，看着排空的大浪，倾听着大海的涛声，每夜都不曾很快地入眠。尽管没能买回那些海滨特有的美食，但是每一年、每一次来的不同收获，都会带来一份不同的喜悦。每一次带着这样的喜悦回到工作环境里，回到朋友们中间，不时地回味，一份快乐便时时洋溢在心头。

记忆中第一次去海滨，拍下了落潮后停泊在海边的一条小船，那条随着海浪不断颠簸晃动的小船，那些浅淡的海浪，构成了一幅动态的图片，定格在相机里。第二次去海滨，到山那边骑马、滑沙、滑草，尽管那条白色的裤子在滑草的过程中染成了白底绿叶子的图案，而那一幕真实的生活却留在了一个随笔系列里。第三次去海滨，才改掉了前两次的懒惰习性，早晨隔着窗子望向对面的海，欣赏着天与海连接处那奇妙的景色，当啼哭的婴儿从云层里诞生的时候，那个叫日出的孩子成为我的《望云·看日》里的主人公。再想续写《听涛·观潮》的时候，因为提前返回，错过了那道风景。虽然在经过了一番搜寻后，竭力地回味当时的情境，试图找回那时的灵感，但是仍然失败了。对于一个写作者来说，最难过的事情莫过于错过了一种心境，错过了一种对文字的体验，似乎那些都是人生无法弥补的课程。

很多人在夜晚沉迷韩剧的缠绵，等到精疲力尽的时刻，才昏沉地睡去。

为何不去找寻生活的调味剂，把最适合自己的那一味加到生活中？也许你不再年轻，可快乐不只洋溢在年轻的脸庞上，每个人都有追求快乐的权利。也许你为今晨空中飘满淅沥小雨而终未见到日出而遗憾，为什么不去阅读一本让你心情愉悦的书呢？要知道，心灵充满了阳光，生活中才能处处看到阳光。

第七章

快跑是一种状态　漫步更是一种从容

我们见惯了赛场的拼搏，但在百米冲刺的时候，还是忍不住呐喊。快跑的时候，对于场上的运动员来说，如同我们写作一样，已经进入了一种状态；可是，如果你的脑海中能够忆起从容漫步的老者，虽白发苍苍，却精神矍铄，这个时候，你不得不承认：快跑是一种状态，但漫步更是一种从容。

快乐就是那只高飞的鸟

快乐是什么？不同的人有不同的思考，因为不同的人对快乐的体验不同。

其实快乐分为很多种：有时是一种心情，有时是一件衣裳，有时是一首歌，有时是一项工作，寻找快乐的方式有很多种，要看找寻快乐的这个人如何体会这种快乐。

曾经写过这样的句子："快乐是春天里的一只鸟，在高飞的翅膀里颤抖，捕捉着绿色的柳枝；快乐是雨季里的麦子，在饥渴的田地里吮吸着一缕潮湿；快乐是池塘里的一尾鱼，在游动着的缝隙间，寻找自由的心声；快乐是一件蓝色的衣裳，在袖口和领口缀满一千颗星星；快乐是手里紧握着的杯，在盛满白开水的瞬间，溢出一支古老的歌。"

有一首歌，歌名叫作《美丽心情》。歌中写道：

多雨的冬天总算过去
天空微露淡蓝的晴
我在早晨清新的阳光里

看着当时写的日记

原来爱曾给我美丽的心情

像一面深邃的风景

那深爱过他却受伤的心

丰富了人生的记忆……

虽然歌词略有些伤感，却让歌者在体会一种心绪的同时，对生活有了新的感悟，尤其喜欢那种远离喧嚣尘世的、没有一丝杂质的美丽心情。我们每天都周游在这浮尘之中，看世间万物周而复始，为生存而劳碌奔忙，为理想而奋斗抗争。在身心俱疲的时候，透过滚滚红尘，用美丽的心情装点我们的人生，用美丽的心情伴随我们成长，用美丽的心情感染周围的每一个人，让心房不再沉重，让生活变得轻松，让心情更加愉悦，令人生越发充实，而所有的这一切，都需要我们用心灵去诠释，用心情去点缀，所以，时刻保持美丽的心情，让美丽的心情永驻，才能快乐一生，幸福相伴到永远。

挚爱而难以割舍的亲情带来美丽的心情，真诚而善解人意的友情带来美丽的心情，充实而紧张忙碌的工作带来美丽的心情，得体而庄重整洁的服饰带来美丽的心情，多彩而如诗如画般的生活带来美丽的心情，自然而淳朴的风光带来美丽的心情，这些，都令人无时无刻不在体会着难以名状的那种美丽心情。

每次离家远行，父母亲朋的声声祝福，让我们体会到亲情的可贵，被亲人惦念、友人牵挂的感动，于是就在每一个夜晚来临的时候，就在每一天结束工作之后，悄悄地掠过心头，随着这种感动而来的短暂的忧思之后，一种美丽的心情就会在心底油然而生；当结束一项工作，并因为工作的顺利完成而感到快乐的同时，深刻地体会那种历经艰难终于完成任务后的感受的时候，不再抱怨灯光下长久的辛劳、流逝的时光对身心的侵蚀，无情的岁月对容颜的摧残，心情是美丽的，疲乏的身心也会得到从未有过的放松；和同事、朋友外出旅行，都能体会到美丽的心情。如果沿着崎岖的山路，一直攀上峰顶驻足远眺的时候，体会了"会当凌绝顶，一览众山小"的心境，再留下几张照片，留待将来回忆，那时的心情真的就是美丽的；登山的心情是美丽的，在海边游泳、赛跑，任浪花在身边飞舞的心情也是美丽的。而在海边滑草、滑沙过后的惊喜感觉都会让人们体会到美丽的心情。

当清风飞扬的时候，如果在颈项之上系一条淡绿色的丝巾，那一份平和的心情和庄重的气质就在高雅和厚重之间淋漓尽致地体现出来。当秋风乍起的时候，在蓬松的发髻外披上一条浅蓝色的纱巾，就像在点缀着白云的蓝天上轻舞飞扬，那种缤纷的心境顷刻间变得美丽，形成一种心情，那种美丽的心情。每一种细微的点缀，无论一只发夹，一个头簪，还是一条丝带抑或是一枚胸针，都会带来美丽的心情。穿着绿色系列的服饰，用绿色打扮自己，仿佛在喧嚣的城市体会春天的原野就在身边一样。点缀着海水的湖蓝色，用蓝色装扮自己，在炎热的阳光下体会大海的平静和恬淡，那种心旷神怡，也是一种美丽的心情。穿着黑色系列的服饰，用庄重和典雅体现成熟的韵味，时刻保持一颗平凡的心，不接受任何的躁动和不安，并在黑色服饰的基础上，偶尔用绿色和蓝色加以修饰，就像一组没有生机的图片，调和了适当的色彩后，便会焕发盎然的生命，虽然不够亮丽，却也持重而典雅，刚毅而稳健。

其实，服饰并不能说明什么，能够透过服饰所理解的只是一种美丽的心情。透过心情，折射出的就是一种快乐。这种快乐，是自己创造的，也是独一无二的，在这些快乐中，我们就是自己的主人。

当我们赖以生存的工作遇上了难题，当我们无限热爱的事业受到了挫折，当我们美满的家庭出现了矛盾，当我们知心的朋友发生了误解，当我们的挚爱亲朋不幸身染重患，当我们考级、考研均告失败，这个时候，只有保持美丽的心情，才能感受工作着就是快乐的，学习着就是快乐的，健康着就是快乐的。

每读一本好书，都会带来一种好的心情；每做一件好事，也会带来一种好的心情；朋友间的每一声问候，更会带来一种好的心情；甚至，每做一次家务劳动，都是一种好心情的体现。在打扫卫生的时候，倾听快节奏的迪斯科，或许，不仅加快了劳动的节奏，更缓解了劳动的疲乏；那些被清除的灰尘，就像心灵的垃圾一样，被一扫而光；在厨房劳动的时候，如果放一首悠扬的小夜曲，体会的不是柴米油盐的烦琐，而是仔细品味佳肴时的快乐。为自己和家人做出几个精致的小菜，不仅品味佳肴，更能品味快乐；忧伤之时，倾听那些欢快的乐曲，心中充盈的都是快乐的乐章。

快乐属于每一个人，快乐更属于自己。快乐是可以创造的，没有什么可以抹杀一个人的快乐，除非自己不快乐。舒展身心，让自己快乐起来，因为，你的快乐只能你做主。

春江花月夜·燕京八度

一日小聚，朋友邀请喝茶，欣然前往。到了地点才发现，原来去的不是茶楼，而是朋友的工作室。那里不仅有全套的茶具，还摆放着古筝。于是，在品茶中倾听了另一位朋友弹奏的《春江花月夜》。

稍有文学常识和音乐知识的人都知道《春江花月夜》既是张若虚借景抒发理想的一种寄托，也是一首古典名曲。曾经感动于好友苗将这首诗配上精美的图案打印出来送给我，虽然没有精心地将其全部收入记忆中，却也喜欢朗朗上口的韵律，景物与心绪相融的内涵。尤其在倾听古筝曲《春江花月夜》的时候，再诵读一首张若虚的《春江花月夜》，更是犹如走进了一个全新的奇妙境界。从而不禁联想起"春江潮水连海平，海上明月共潮生"的时刻，仿佛月夜下的江水，在悠悠白云的陪伴下，在缓缓流动着的时刻，诉说着一个个耐人寻味的故事。

喜欢听音乐，也喜欢在音乐的节奏里邀上闺蜜一起喝着啤酒，更喜欢听着《春江花月夜》的曲子，手里捧一本关于女人与色彩的书，坐在桌旁独斟独饮。虽然在每日的忙碌中，这样的闲

当我们有幸在草原上驰骋，就会发现，
拿着牧鞭放牧的人，不是驱赶着那些游动着的生灵，
而是让自己的心灵与蓝天白云相融，
在蒙古长调与马头琴的旋律里陶醉。

罗雷／摄

其实快乐分为很多种：
有时是一种心情，有时是一件衣裳，有时是一首歌，有时是一项工作。
寻找快乐的方式有很多种，要看找寻快乐的这个人如何体会这种快乐。

罗雷／摄

情逸致越来越少，不过，只要偶尔享受一下也就足矣。

我们总是流于形式，追求那种外在层面的满足，却忽略了心灵的充实。尤其热衷于那种空泛的自吹自擂式的夸耀，或者喜欢云山雾罩式的吹捧，总是躲在迷蒙的雾中，偷窥着水里虚妄的花，在真实与虚伪之间徘徊不定。

每念及于此，就会想起这首《春江花月夜》，想起张若虚，想起燕京八度。燕京八度，是燕京牌啤酒；八度，指的是该酒的酒精含量。因为度数低，就一直喜欢喝这种啤酒。既然喝了这酒不会很快醉倒，就在喝着酒的时候，再要求音响师播放一首《春江花月夜》的曲子，那该是一种怎样的享受呢！尤其和好友一起度过这样的一个夜晚，回顾那种美妙的时光，更会是一种快乐呢！

在听音乐的时候，脑海里始终流连着舒缓的旋律里描绘的淡薄的雾霭和乡间草地的芬芳，淡淡的蓝夜，清冷的水声，在那里找到心绪的归属，找到喧嚣中的宁静。也许只有在这时，酒桌上的嬉闹，变成了对文化的尊崇，像静谧的春江一样引人入胜。

在这种寻找中，总是能够与友人分享这种气氛，便觉得心安。那天早晨，给学友打电话，邀请她一起到家中品尝燕京八度，共同体验文化的魅力，感受燕京八度的韵味。在八爪鱼拌凉菜、鲤鱼炖豆腐的余香里，似乎感觉还缺少了什么。如果陶醉在音乐里，啜着燕京八度啤酒，吃着简单的菜肴，沉湎于《春江花月夜》的意境中，仿佛张若虚向我们走来，一起吟诵着"江流宛转绕芳甸，月照花林皆似霰。空中流霜不觉飞，汀上白沙看不见。江天一色无纤尘，皎皎空中孤月轮。江畔何人初见月？江月何年初照人？"那份心境，不可言喻。

一首古诗，一支筝曲，一瓶啤酒，也许风马牛不相及，没有丝毫的联系。但是，却映照出现代人在都市的喧嚣中寻求的那份宁静，也许这份宁静背后，最难得的是拥有一份美好的心情。由此，不难理解，绝美的音乐蕴藏着的那种空灵和深沉，配以现代的燕京八度，将人们追求的那种界于古典与现代之间的唯美主义色彩有机地结合起来，构成了古典与现代的完美结合。

人们常常说神圣的音乐是艺术殿堂里的奇葩，将音乐归于高雅。而将意志迷离的醉酒之人称为酒鬼，无疑，将喝酒归于粗俗。言语之间鄙夷之色轻易地就流露出来。为了缩短这样的距离，就有人从饮食中挖掘高雅的文明，诸如在餐厅里放一架钢琴，不时地演奏一曲，或者在最吸引人们眼球的位置，挂上那些书法或者绘画大家的作品，一幅仕女图，一幅花鸟画，不仅仅供就餐的人们欣赏，也体现出对文化的一种尊崇。那种和谐，立即缩短了艺术与饮食的距离，于是，产生了一个新的名词：餐饮文化。不知是艺术推进了饮食文化的发展，还是饮食文化赠予艺术以市场，总之，两者在互相利用的暧昧中就这样地共存了下来。有点像我们，听着音乐还偏要喝着燕京八度，既满足耳朵的需要，还要满足肠胃的要求；或者喝着燕京八度，还要听《春江花月夜》的曲子，在粗俗中寻找高雅的浪漫。其实，这一切都是为了满足一种心灵的需求。

也许，在饮酒的过程中，文化的情结并不需要刻意地去追寻，而是不由自主地流露出来的。有时，很多事物就像一幕情景剧，根据剧情的不同需要去添加不同的素材。现代的东西靠古典去装饰，古典的事物用现代去释义，就像很多古代的楼宇建筑在现代的高楼大厦之间，那是一种点缀。也许，这才是最好的一种表现形式。这种表现形式意味着和谐与平和。

人的一生中要做的第一件事情就是保持思想的和谐，不论发生什么事都要保持头脑冷静，心境平和，让自己在一整天之内都保持和谐。就像多次倾听《春江花月夜》，每听一次都有不同的体验，每次体验心境都更加平和。在平和的心境中，仔细品味燕京八度，对于音乐和文化的更深认识就刻在了脑海中，而对于心底的那份宁静，却始终没有停止找寻。

平和、舒适的心态有助于我们高效地完成工作，并在工作的时候享受一种难得的宁静，如果能够做到这一点，就能坦然面对各种挑衅，无论身临逆境还是面临失败，都能够保持平和的心态和风度。所以，冷静的人生活得更充实，更有意义，更能体会生活的真谛，犹如在都市的喧嚣中寻找着一份持久的沉静，在川流不息的忙碌中寻找着一份安宁，在嗟叹落花流水的时刻，如在梦中静望春江花月夜……

第七章 Chapter Seven
快跑是一种状态 漫步更是一种从容

高山流水在厨房的意境

生活中的每一天,也许都不可避免地充斥着琐碎,那些琐碎的生活更让人们烦躁。诸如:生活的艰辛,工作的压力,情感的挫折,这些,也许尘世中的人们都会遇到,而脑海中常常回味那高山流水的画面,感受高山流水的音乐,用音乐陶冶情操,让自己的心灵变得高雅;在厨房的琐碎中寻找着宁静,就会冲淡生活带来的烦恼,提高生命的质量,使活着的每一天都充实起来。

在厨房劳作,常常会想起与高山流水相关的一个传说:先秦时期有一位非常出色的琴师叫俞伯牙,他弹奏的曲目可以用曲高和寡来形容。而一次在荒山野地弹琴的时候,路过的樵夫钟子期竟能领会出他所弹的曲目是描绘"巍巍乎志在高山"和"洋洋乎志在流水"。伯牙惊曰:"善哉,子之心与吾同。"于是,为遇上知音而感兴奋。后来子期死去,伯牙痛失知音,摔琴断弦,以致终身不再操琴。"子期死,伯牙绝弦,以无知音者。"故有高山流水的传说,这个传说不仅说明了知音难觅,也向我们讲述了《高山流水》曲目的由来。

厨房与高山流水,风马牛不相及。但是,每当谈到高山流水,总是会思考这样的问题:高山流水应该表达的是一种意境,高山流水所代表的是一种友情,高山流水是一首高雅的曲目。高山流水会与厨房有关吗?

既然无关,每次在厨房做好了饭菜,静坐休息的片刻,总是会放上一段乐曲,虽然磁带因为多次重放已经变得不再清晰,但在那著名的《十面埋伏》《汉宫秋月》《阳春白雪》等十大古典名曲中依然能够听出《高山流水》的音律,仿佛在古筝演奏者的指尖里流淌出的真的是那清澈的流水,还有观众席里的知音的身影。

每当这样想着的时候,眼前总是会浮现出一幅山清水秀的画面。远处的高山上,一泓清泉从山顶飞泻而下,在静静的流淌中汇聚在山脚下的一汪池水里,那碧绿的池水倒映着高山的影子,令人遐思着亲耳倾听流水的声音,从而领略高山的雄姿。而这种意境在厨房里能体现出来吗?也许,人们已经习惯于家庭生活的琐碎,每天在辛勤地工作后回到厨房里为着让自己的身心都愉悦,要做些不同的饭食,那一时刻没有什么可以幻想了,就是实实在在地做着与柴米油盐打交道的事情。似乎感觉很枯燥,然而,那正是一幅与高山流水的清淡相映衬的画面,因为在这幅画里,人们才是真实的。

和同学小聚,大家抢着去厨房轮番上阵炒着自己喜欢吃的菜肴,这时的喧闹声覆盖了流水的声音,却洋溢着友情,在知音小聚的时光里除却了厨房里的烦躁,一起回味曾经游览过的高山,在倾听过的流水的声音里度过欢乐的时光。

余秋雨在《高山流水》一文中写道:"差不多注视了整整四十

年,已经到了满目霜叶的年岁。如果有人问我:'你找到了吗?'我的回答有点艰难。也许只能说:'我的七弦琴还没有摔碎。'"

为什么余先生会这样写?缘于他参加几个前辈的追悼会,注意到悬挂的那些挽联中笔涉高山流水,好像死者与撰写挽联的人是知音,但死者对于撰写挽联者的感受绝非如此。于是他写道:"如果死者另有知音名单,为什么不在临死前郑重留下呢……几十年的生命都在寻找友情,难道一个也找不到?找到了,而且很多,但一个个到头来都对不上口径,全都错位了的友情。"

友情不应该错位,也不应该隐藏。正如爱默生所说的那样:"人的个性是无法隐藏的,它迟早都会显现出来。它不仅能通过我们的语言和行为很强烈地体现出来,而且还能通过我们自身释放的气场表现出来。我们每个人真实的一面也是如此,它迟早都会透露出来。然而许多人却不愿承认他们的真实一面,总是想表现得更聪明一些,更富有一些或更强壮一些,最终严重影响或毁掉了自己的生活。"

人们常说知音难觅,就像那些少小时的同学,可能有人接受了高等教育,而有的人仍然在家乡的土地上劳作,并不是说知识分子鄙视那些农民,而是在他们之间可以谈友情,却做不成知音。

为了知音而献身或遭到流放的人古今中外皆有之。1852年2月21日,俄国伟大的作家果戈理逝世了。他的挚友屠格涅夫一边流淌着悲伤的泪水,一边用沉重的笔赶写出一篇悼念果戈理的文章。但是,沙皇统治者害怕果戈理的名字出现在报刊上。彼得堡的书报检查机关禁止发表一切悼念和颂扬果戈理的文章,并且宣称,如果屠格涅夫不顾禁令,强行发表文章,他就会遭到逮捕。正直和勇敢的屠格涅夫宁肯坐牢,也要慰藉死者的灵魂。他历尽重重艰难,终于在《莫斯科新闻》上刊登出悼念果戈理的文章。沙皇的特务机关见到文章后立即传讯屠格涅夫,将他监禁一个月后,沙皇亲自下令,把屠格涅夫流放到斯巴基去。而为了果戈理而被流放,屠格涅夫感到自豪。

  高山流水,不仅是一首曲目,也让我们领略了自然的意境。高山流水能让我们寻觅着文心相通的知音,走进了彼此的心灵世界,演绎了高山流水的绝唱。在深思这些名人故事的同时,从厨房里流淌出的欢声笑语让我们感受友情的可贵;高山流水不仅让我们倾听着高雅的乐曲,也为我们的生活注入了更多的添加剂。我们在热爱生活的同时,更要去调剂生活,在烦恼里体验幸福,体验生活赠予我们的快乐,也许,这才是高山流水在厨房给予我们的启示。

像品茶一样品味生活

品茶如品人生，在淡淡的茶中，去思考去感悟，思考的结果和感悟的内涵会凝结成点滴的回味，给人生增加一些回味，在记忆中感受逝去的美好。喜欢喝茶，不仅去茶楼，也去茶社。在茶楼品味着高雅，在茶社里感悟着平淡。

茶楼与茶社喝茶的不同之处是，在茶楼里茶艺小姐表演茶艺，到茶社可以自己动手完成品茶前的七个步骤。在茶楼里往往消费一种茶就要几百上千块，在茶社里可以红茶、白茶、绿茶随意品，只要喜欢，泡了一壶又一壶，老板仍然高兴地陪你聊，陪你喝茶。因为他知道你懂茶，知音造访，对他来说是一种幸运，你给他钱就是对他的侮辱。

所以，在三番五次的折腾后，确认了只有喝茶才能既品味文化又陶冶性情。甚至把品茶，当成了一种浪漫，并不是风花雪月的浪漫，却感觉很惬意，也很幸福。尤其在走过几家茶楼后，这种认识就更加深刻。经过了每天亲自泡茶、品茶的亲身体验，才终于喜欢上了喝茶。

最初喝茶只限于两种形式：一是为了提神，二是为了解酒。

第一次去正规的茶楼喝茶，印象最深的，也是最吸引我的就是听茶道。喜欢茶艺小姐的细心讲解，在侬声软语中感受江南女子的细腻，眼前浮现的是茶山的风景、茶坡的碧绿、茶树的姿容，还有这茶叶的清香。这个时候，感到喝茶是一件很神圣的事情，并在温杯、滤茶、闻过茶的清香之后，慢慢地品味着，生怕糟蹋了这茶的真正味道。这时，喝到嘴里的就不是普通的茶水了，而是一种文化——茶的文化。并在这种茶文化里仿佛寻到了历史的行踪，听到了未来的脚步声。

或者，从这种茶文化里，我看到了时代的变迁，生活的改变。从天桥的大碗茶，到老舍先生的《茶馆》，从马路上摆着的小茶摊，到环境雅致的茶楼，从茶园、茶馆到茶艺、茶道，社会在进步，人们的生活水平在提高，而且随着时代的发展，又让人们改变了很多。从品位到服饰，从注重外在装饰到注重内涵的审美，人们不断地品味着生活，也品味着人生。于是，文化与文明的声音就在耳边不断地回响着。

其实，品茶要有一套上好的茶具，才能与品味这个词相联结。准备一套精致的茶具很有必要。手绘的陶艺，花梨的茶盘，古色古香的雕花木桌，镂空的木门和悬挂的草帘，这些如茶楼一样的装饰虽然一般人家不易做到，但是，拥有一套茶具，还是可以做到的。在做好了准备之后，再去品味透明的茶，心境也会变得如此透明、不染纤尘了。

饮茶最大的妙处，不仅在于它是愉悦身心的一种休闲方式，最重要的是它对身体的保健作用。李时珍的《本草纲目》中有这样的记载："茶苦而寒，最能降火，又兼解酒食之毒，使人神思清爽，不昏不睡。"喝茶对身体的益处从古人开始就已经有了这么深的研究了，难怪中国的茶文化世界著名。威廉·乌克斯在《茶叶全书》中写道："饮茶代酒之习惯，东西方同样重视，唯东方饮茶之风盛行于数世纪之后欧洲人才开始习饮之。"中国人喝茶就像外国人喝咖啡一样，不同的是喝茶看上去比喝咖啡要复杂一些。

饮茶是一种文化，所以包含的内容也较多，也许很多人认为麻烦或者浪费时间，其实，品茶，或者喝工夫茶，也是一种文化的熏陶，从中能够体验到很多真切的内涵。在文化的熏陶下，放缓生活的脚步，品味和思考人生，或许是品茶的真谛。

品茶就是品味生活，茶的味道不同，体味的结果也不尽相同。品茶是一种享受，在快乐中享受生活，在顺境中品味生活；更多时候，品茶更是一种感悟，在逆境中感悟生活。每个人的一生中总要经历风雨坎坷，不经风雨，难见彩虹。在经历磨难过后，才懂得感恩，并怀着一颗感恩之心去体会生活。因为生活给我们带来了快乐，更让我们学会了品味生活。

如果在茶舞的时刻里听着古筝的乐曲，细细地啜饮着每一口茶，品味着各种茶的不同味道，诸如绿茶、红茶、花茶等，那或苦，或淡，或散发着芳香的茶，就像我们的生活，有清淡的时刻，也有浓香之时；就像友人，有团聚的时刻，也有分散的日子。

在淡与浓、聚与散的过程中，就会看到茶的魂灵，犹如人的魂灵一样，在生活的水杯中舞动着。茶舞的时刻，每一片茶叶在透明的杯子里随着水的波浪上下舞动，由凝聚在一起的轻巧的一根根小针,在水的怀抱中逐渐地散开,膨松长大,变成一片片小叶子,或者一朵朵小花,然后,再将清淡的水染成绿色,或浅茶色,那一个个生灵就这样地诞生在了透明的小杯子里。这茶的精灵在眼前舞动的同时,生活的精灵也舞动在了人生的旅途上。

像品茶一样品味生活,品味人生,清醒淡定之时,何愁人生会孤独寂寞?

第七章 Chapter Seven

快跑是一种状态 漫步更是一种从容

人生 可以这样活

一本粉白色、字凸出,看上去有着极其洁净、恬淡封面的《却原来》,作者是我仰慕已久的雪小禅,她高挑、清秀,如莲般脱俗,从我面前走过时,只一眼,便让我记住了她。而她那如名字一样充满了禅意的文字,似盛开的兰花,馨香沁脾,令我痴迷。与小禅对面而坐,看着她的纤纤玉手握着一支水笔,在书的扉页上写下她的名字,娟秀的字迹,如她的人一般。

这本《却原来》,与小禅曾经出版过的40本文集的不同之处在于其有着最唯美的古典情怀,细腻雅致,字里行间萦绕着优雅风情——古意幽幽,禅意绵绵,柔情脉脉,风情旖旎;最禅意的艺术解读,关于艺术——戏剧、伶人、音乐、美术,给人心灵以滋养;最浪漫的女性情怀——柔情似水、风情万种、思念不止、缠绵不休、鲜衣怒马、轰轰烈烈……凡此种种,是小禅为读者奉上的一部最值得珍藏的女性随笔集。

小禅的这本书,因淡雅的外观吸引了我,观结构,读内容,尤其那些文字里提及的人物,无一不是让我们念念于心又颇具神秘感的名家,而这些人物的范围很广,覆盖了书画与艺术名家,又涉及名著与电影，更有那些艺术人生的再现。

小禅的《却原来》是一本讲述艺术的唯美之作。称为极具禅意的心灵舒缓读本，一点不为过。小禅的文字功力深厚，风格唯美，独树一帜，全篇充满睿智与个性。坚持为永远而画的米勒，小禅极其崇敬。在《本质》一文中，小禅迷恋画，对"怀斯的女人，有一种致命的忧伤与金属感，那金属感是铜吗？我不肯定。金太闪烁，银太冷，而铜，也许有着坚硬与异常的温暖，或者，还有让人动心的颜色"。读着这段，让我忆起银碗里盛雪的女子。

小禅的文字唯美，但却喜欢上了写作富有哲理的文字。在《伶人》中，她说："如果爱，就别怕被辜负。"在《青衣》里，她又说："青衣是诗，是散文，是幽咽婉转的那枚红月亮。"读着"戏里的光阴总是可爱的，因为永远不知道下一秒要发生什么，在光影里织线的时光总是短暂的，短到以为刚刚到，却已经要离开了"，我喜欢"只有在戏里，才能有那样完美的爱情——它能满足我们最美的想象，特别是对于爱情这种奢侈品的想象"。因此，"戏里的光阴总是可爱的"，也让我们理解了戏如人生的意蕴，更懂得了小禅的心。

由一本书，喜欢上一个人，尤其是那些充满神韵，又富有灵动的文字，这些文字，属于小禅。

最先读到"张爱玲的倾城之恋，一个人隔着云端隔到让人生出恐惧来，这样的云端，是极致的云端"，对《美人如花隔云端》的内容了然于胸。"韶光于每个人是同样的均等，只这一点，我们如此公平，你老了，我也老了，谁也莫要笑话谁，年轻的时候谁都犯过傻，你爱过，我也爱过，谁没有动过春心？可是，在时光里，我们都是它的敌人，在与时间作战的过程中，我们被杀得落花流水，片甲不留"，如此的《韶光贱》，第一次感受着时间的流逝，竟然是这样的残忍，一种紧迫感油然而生。

从《无语》中的"爱一个人才会无语"到《印迹》里"这样的印迹，每个人都有，或深或浅，朝朝暮暮，总会喜欢一个人，或早或晚，都会有印迹"，从《我是你的同谋》里"最高境界是当一个人的同谋"到《记》里引领读者重温《红楼梦》《西厢记》和《岳阳楼记》等经典，体会了古典与现代的对比，在对比中欣赏流逝的时光里那些爱的故事，不能不为之震撼。

小禅的文字饱含风、物、情、文、人，读后难免联想，最能受到启迪。一款风物，与人、与情皆有密切关系。写玉则"欲求碧玉向蓝田，使君有一丝缱绻"。尤其"玉一般女子，可以做妻、做知己。这样的干净清澈，没有杂质的凝重与透明，字里纯清，眉宇冰清。——好女子修炼，最高境界是成为玉吗？戴在一个男人的心间，和他同修同炼，这样的欢喜禅，他知道，她亦知道"。可以看出，小禅是喜欢玉的，并为玉的气质倾倒。"它的贵族气绝不允许——像分手的恋人似的，再回头，早就隔了千山万水。请不要记得我，请离我远远的，请给我最完美的记忆。这是玉的脾气。"所以，宁为玉碎，不为瓦全。

小禅是个有灵性的女子，与她的文字一样，清淡，唯美，迈着轻悠的步子，走过时，留下一抹淡淡的幽香，那是文字的滋润，才有了这样的脱俗之美。

小禅说："慈悲是难的。得经历过多少人世悲欢，放下心来，胸中有千万朵莲花绽放,才能慈悲?"在对艺术的追求中,她也有《不安》,"只有不安能让艺术不断地强大。所有安于现状的艺术家永远也不会有新的突破"。为此她感悟着"而阳光明媚带不来不安,生活太满足也不会不安——不安是灵魂的,是凡·高疯狂的向日葵,是那片金黄的麦地,是不由自主的流眼泪,是在黑夜里无处可去……"结论是:"不安的人,脸上会挂出别样神采。"极其赞成这句话,唯有不安,才有神采,才能进取。

从《却原来》感受小禅对艺术的喜爱,对文字的执着。就想起了小禅说过的"我总以为可以没有写作。殊不知写作已经成为我生活的一部分,甚至是一种生活方式。它是我另一个自己、另一种叙述、另一种表达。失去写作我可以活得很好,但肯定少了味道和气质"。读《却原来》,我终于理解了小禅的"用文字腌制时间,煮字疗饥,过鲜衣怒马生活,享受银碗里盛雪闲情,在三生韶光贱的光阴里,指尖上捻花,孜孜以求,散发微芒"这段话的真正内涵。

小禅的书里并没有恍然大悟的故事,而是喜爱艺术的女子对艺术、人生的思索和描述,让我们看到了一位热爱写作的女子戏里戏外别样的生活,那些充满诗意的散文,不仅书写着内心的感受,也给读者带来心灵的盛宴。在古典戏曲中、在电影的光环里,独树一帜地再现生活的品位和气质,尤其对作家、艺术家等各类名家都有广泛涉猎,在对人物命运的评价中,信手拈来的是撞击灵魂的文字,就像她曾经说过的那样:"只想做一朵陌上花,不妖不香,只淡淡地开在颓园秋色里,不嫌寂寞,不嫌那荒凉与秋夜寂寂,自己开给自己看。"